기억을 먹는 아이

도대체 이야기집

유유히

차 례

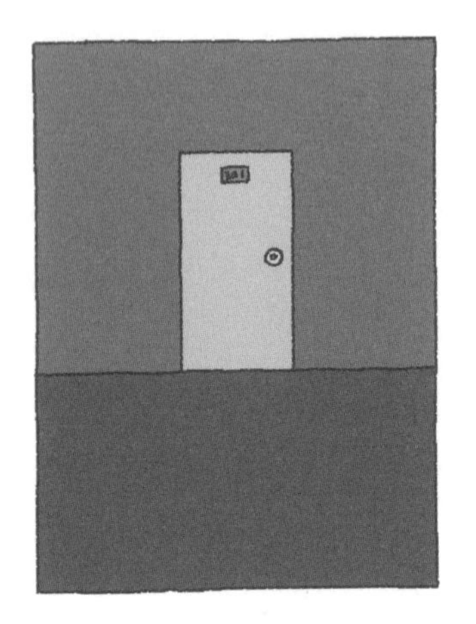

끼익—
301

어서 오세요

저는 작가 도대체입니다
저쪽에 편히 앉으세요

들려줄 이야기가
많이 있어요

어떤 이야기부터
해 드릴까요?

보자… 언젠가 만난 은행나무 이야기로 시작할게요.

• 나무 앞에서 •

◈◈◈

나는 은행나무. 여기 이 높은 곳에서 세상을 내려다보며 오래도록 살고 있다. 너는 내게 몇 해를 살아왔는지 물었지만 나는 너희 인간의 기준으로 세월을 헤아리지 않는다. 나는 그저 한 번의 삶을 살고 있는 중이다.

내 이야기는 바람을 타고 너에게 닿을 것이다. 바람은 내 이야기를 때로는 높고 빠르게, 때로는 낮고 느리게 전하며, 그가 원치 않을 때는 어떤 말도 전하지 않을 것이다.

나의 어머니는 아주 오래전, 여기에서 멀리 떨어진 산에 살던 은행나무였다. 전해오는 이야기에 따르면 비가 많 이 오던 해 에……………………………………………………

……………………………………………………………………

……………………………………………………………………………

……………………………………………………………………………

……………………………………………………………………………

……………………………………………………………………………

……………………………………………………………………………

……………………………………………………………………………

……………………………………………………………그 리 하여 내 가 이 곳에 뿌리내린 것이다.

뒤에 있는 이 성벽은 내가 태어나기도 전에 인간들이 쌓은 것이다. 인간 무리가 와서 이것에 대해 떠들 때가 있다. 그들의 말에 의하면 이것은 평범하지 않은 것, 그러니까 인간 세상에서 중요한 것. 그리하여 너희는 이것을 허물지 않는다. 모든 것을 쉬지 않고 허물고 새로 짓는 인간 세상에서 보기 드문 일이다.

지켜본 대로만 말하자면, 너희는 쉬지 않고 움직이는 존재다. 움직일 수 있는데 움직이지 않는 자는 드물다. 할 수 있는 짓이 딱히 없으면 아무 짓이라도 하는 듯 보인다. 너희는 세상을 끊

임없이 바꿔대서 이 세상의 풍경이 어떤 과정을 거쳐 달라졌는지 순서대로 정리하는 것 조차 헷갈릴 정도다……
그리고 너희는 수시로…………………………면 서……………
…………………………………………………………………
…………………………………………………………………
…………………………………………………………………
…………………………………………………………………
……………………………………………………한 다.

지금 네가 앉은 돌의자는 어떤 이유로 사라졌다가 다시 놓인 것이다. 말할 것도 없이 어느 인간 때문이었다. 거기엔 다른 인간들도 종종 앉는다. 해가 뜰 무렵에만 오는 인간도 있고, 해가 질 무렵에만 오는 인간도 있다. 너희는 때때로 무리 지어 나타나서 거기에 앉아 한참을 이야기하다 간다. 너희는 자신에 대해 그리고 다른 인간에 대해 말하는 것을 좋아한다. 언제나 어떤 인간은 어떤 인간에 대해 말한다. 그래선지 다른 이들이 자신을 어떻게 생각하는지도 궁금해한다. 내가 인간의 말을 들을 수 있다는 걸 알게 된 순간 네가 내게 던진 질문을 보라. 나무가 너희를 어떻게 생각하는지, 나무가 본 인간은 어떤 생물인지, 이런 게 정말 중요한가? 나와 대화하는 그 어떤 생물도 이런 것을 궁금해하지 않는다.

해가 지고 어둠이 내린 후에 이곳을 가장 많이 찾는 게 누구인지 아는가? 밤에 기운을 차려 활발해지는 쥐도, 고양이도, 쥐며느리도, 꼽등이도, 부엉이도 아니다. 너희 인간이다. 그중에서도 술에 취한 인간들이 끝도 없이 찾아온다. 그러면서 하는 말이 무엇인지 아는가? 살아야 하는 이유를 모르겠단다. 자기가 계속 살아야 하는 이유를 모르겠다면서 운다. 나는 그들 대부분을 가엾게 여긴다. 내가 아는 그 어떤 생물도 그런 이유로 고통스러워하지 않는다.

취한 채로 와서 그 의자에 앉아 연신 담배 연기를 내뿜더니 내 몸에 뜨거운 담배를 비벼 끄고……………………하고……………………………………하더니……………………을 꺼내…………………………………………몇 번

이고……………………………………………결국 내
뿌리에 오줌을 누면서 자기가 왜 더 살아야
하는지 모르겠다고 울부짖는 인간에겐 나 또한 울컥해 네가 더
살아야 하는 이유를 모르겠다며 목 놓아 외쳤다.

온갖 종류의 인간들이 이 앞에 앉
아……………………………………………………………………
수……………는지……………………………………………
……………………………………………하고……………
……………………면서…………………………………
…………………………………………………………였던
……………………………………………………………

간다.
그래서 나는 의문을 품게 되었다. 내
가 지켜본 너희는…………………………………………
…………………………또…………………………
……………………………………………………………
……………면서……………………………………………

……………………………………………………하고………

…………………………………………………………………

………수도…………………역시……………………………

…………………………………………………………………

…………………하여………………………알 겠 는 가? 내 이 야 기 를 잘 이 해 했 는 가?

이 러 니 나 로 서 는 너 희 가 아 무 이 유 가 없 거 나 이 유 모 를 일 들 도 잘만 하는 존재라고 생각할 수밖에 없다. 잘 들렸는가? 다시 말해주겠다. 너희는 살면서 아무 이유가 없거나 앞으로도 영영 이유 같은 건 찾지 못할 일들을 수없이 하고 있으며, 심지어 끝없이 반복한다. 너희는 아무 이유 없는 행동을 하며 행복해한다. 이유 없는 행동을 이유 없이 하다가 이유 없이 성장한다. 그것이 내가 지난 세월부터 오늘까지 수도 없이 보아온 인간들의 모습이다.

그런데 갑자기 술에 취해 나타나서는 살아야 하는 이유를 찾는다. 나로서는 어리둥절할 수밖에 없다. 마치 너희가 원래 마땅한 이유 없이는 절대 행동하지 않는 존재인 것처럼, 이유를 모르고는 아무것도 하지 않는 존재인 것처럼, 그 어떤 행동이든 분명한 이유가 있어야만 하는 존재인 것처럼 여기에 앉아서 울고 소리치고 화내고 낙담하고 절망한다. 그리고 서럽게 운다. 갑자기 자기가 아닌 존재라도 된 듯, 지금 이 순간 자기는 인간이 아닌 다른 존재라는 듯, 운 다. 나, 오 래 된 나 무, 여 기, 내 앞 에 서…….

• 근심의 왕 •

근심이 많은 왕이 있었지. 그가 처한 환경을 살펴보면 근심이 많은 것이 납득되었어. 성장 과정은 어두웠고 성인이 된 후로도 어려움이 많았으며 왕이 된 이후에도 왕으로서 취할 수 있는 좋은 점보다는 오히려 고통스러운 점이 많았지. 그래서 그는 늘 근심이 많았어.

대신들과 백성들은 그런 왕을 안타깝게 생각해서 위로했단다. 사람들의 위로를 받으면 왕의 마음은 조금 나아졌어. 그래서 힘을 얻어 살아가다가 다시 또 근심에 휩싸였지. 근심은 저절로 사라지지 않으니까. 그런 일이 계속 되풀이되었단다. 대신들도 백성들도 모두 그것이 당연하다고 생각했지.

'근심 많은 왕이 있다. 그의 근심은 세상 누구의 것과도 비할 수 없다.'

이 소식은 바다 건너 다른 나라들까지 멀리멀리 퍼졌지. 그래서 세상 사람들은 한 번도 본 적 없는 먼 나라의 왕 이야기를 하며 안타까워했지. 그들은 그 왕을 '근심의 왕'이라 불렀어.

소문은 멀고 먼 나라에 사는 어느 학자의 귀에까지 들어갔어. 그는 학자들 중에서도 유난히 호기심이 많은 이였기에 왕에 대한 모든 것을 조사하기 시작했지. 왕의 탄생과 성장 과정, 친인척을 비롯한 모든 주변 인물들, 왕이 통치하는 나라의 역사와 지형과 기후, 선조 왕들의 성격과 통치 방식, 과거 그 나라에서 일어난 크고 작은 사건들, 현재의 상황과 주변국들과의 관계, 예상되는 가깝고 먼 미래의 국제 정세, 그 모든 것을 말이야. 자료를 모으고 분석하고 정리할수록 그는 확신할 수 있었어. 왕은 지금처럼 근심에 싸여 살 필요가 없었어! 근심하지 않아도 될 근거가 차고 넘쳤거든. 사람의 힘으로 모든 근심을 없앨 수는 없다 해도 지금처럼 괴로워서 몸부림치며 살 필요는 없어 보였지.

몇 번이고 자료를 검토한 학자는 짐을 꾸려 근심의 왕이 사는 나라로 떠났단다. 자신의 이론이 옳다는 것을 확인하고 싶었고, 어쩌면 그 사실에 감격한 왕이 높은 지위나 재물로 보상할지도 모를 일이었지. 설령 그런 일이 일어나지 않는다 해도, 왕이 평생 짊어지고 살아온 근심에서 벗어나는 것만으로도 좋은 일이라 생각했지. 어찌 보면 한 사람을 구하는 일이 될 터였어. 학자는 내내 그런 생각을 하며 말을 달렸어.

근심의 왕이 사는 나라에 도착한 학자는 곧바로 왕을 찾아갔어. 학자의 명성이 꽤 높았던 터라 궁에서도 그를 환대했지. 게다가 왕의 근심을 없애주기 위해 왔다 하니 극진한 대접을 했어. 궁에서 가장 좋은 음식과 의복과 잠자리를 내어주었지. 여행으로 생긴 피로가 풀릴 때까지 충분한 시간도 주었어.

어느 날, 드디어 학자의 발표 자리가 마련되었어. 왕과 높은 대신들 앞에서 학자는 며칠에 걸쳐서 방대한 내용을 피력했지. 왕이 근심에 싸인 이유와 더는 그러지 않아도 되는 이유, 그것을 돕는 방법, 실은 근심할 일이 아니었던 것들과 그에 대한 근거 등을 열정적으로.

발표가 이어지는 동안 궁의 분위기는 대단했단다. 박수와 환호가 쏟아졌고, 감격해서 눈물을 흘리는 사람도 많았지. 궁 앞뜰에는 축포 수십 대도 준비되어 있었어. 눈치 빠른 한 대신이 준비한 것으로, 학자의 발표가 끝나는 동시에 바로 발사될 예정이었어.

왕의 근심거리가 사라지고 있다는 소문이 빠르게 궁 밖으로 흘러 나가, 거리에도 활력이 넘치기 시작했어. 집집마다 창문에 꽃과 국기를 내거는가 하면, 예식 때나 꺼내 입는 화려한 옷을 입고 거리에 나와 축배를 들며 노래하는 이들도 보였지. 다들 머지않아 왕이 그간의 근심을 벗어던지고 지금까지 본 적 없던 행복한 모습으로 나타날 거라 믿었어. 이 모든 게 학자가 발표를 이어간 며칠 동안 일어난 일이야.

이윽고 길고 긴 발표가 끝났어. 축포 수십 발이 연달아 터지면서 자욱한 연기가 피어올랐지. 그 연기가 궁 안까지 밀려 들어온 바람에 다들 기침을 참으며 왕을 바라보았단다. 왕이 학자에게 어떤 보상을 할지 기대하면서 말이야. 지금까지 들어본 적 없는, 정말 굉장한 상을 내릴 거라 예상했지.

그러나 왕은 처음부터 끝까지 내내 굳은 표정이었어. 사람들은 의아하게 여기면서도 그럴 수 있다고도 생각했지. 아무래도 갑작스러운 주장이니 왕에게도 시간이 필요할 것이라고 말이야. 왕은 학자의 발표가 끝난 후에도 한참을 굳은 얼굴로 말없이 앉아 있다가 자리를 떴어. 왕의 반응에 멋쩍어진 학자도 이해가 안 될 일은 아니라고 생각하며 자료들을 챙겨 숙소로 떠났어.

학자가 숙소로 돌아오자마자, 그곳에서 기다리던 병사들이 그에게 달려들었어. 다짜고짜 그를 말에 태워 국경으로 달리기 시작했어. 나라 밖으로 추방하려는 거였지. 학자는 자기에게 일어난 일을 믿을 수가 없었어. 이유를 묻고 물었지만 병사들도 모른다고 했어. 왕의 명령이니 따르라는 말밖에 들을 수 없었어. 학자는 억울해서 미칠 지경이었지. 그 많은 근심거리를 해결해주었는데 돌아온 게 고작 이런 대우라니. 그는 꺼이꺼이 울었어. 눈물 콧물을 흘리는 통에 잡고 있던 고삐를 놓쳐 말에서 떨어진 것도 여러 번이었어. 그가 하도 소리 높여 울어댄 바람에, 그들이 어디쯤 가고 있는지 누구나 알 수 있을 정도였지. 국경에 도착한 병사들은 학자를 내쫓으면서, 이번 발표 내용을 이날 이후 다른 곳에서 한 단어라도 발설하는 날엔 무사하지 못할 거라 엄포를 놓았어. 학자는 그렇게 추방되고 말았지.

나라는 다시 조용해졌어. 그 모든 과정을 지켜본 이들은 입을 꾹 다물었어. 축제 준비를 하던 사람들도 슬그머니 일상으로 돌아갔지. 축제가 취소된 것이 아쉽다고 떠드는 사람들의 표정도 웬일인지 그렇게까지 아쉽지는 않아 보였어. 왕은 학자의 말 같은 건 들은 적도 없다는 듯 다시 근심하기 시작했어. 이유는 알 수 없지만, 원래의 근심하는 삶으로 돌아간 것에 안도하는 듯했어. 왕의 반응에 어리둥절해하던 궁궐 사람들도 금세 다시 예전 모습으로 되돌아갔지. 나라는 언제 그랬냐는 듯 고요해졌어. 누구도 학자의 일을 언급하지 않았어. 그리고 하나둘

다시 활력을 찾았단다. 궁 밖의 사람들도 다시 전과 같은 생활을 이어갔어. 고된 일과를 마치고 각자의 집에 돌아가, 왕만큼 근심스럽지는 않은 자신들의 평범한 삶에 안도하며 잠이 들었단다.

여기까지가 내가 들은 전말이야. 괴상한 일이지? 정말 괴상한 일이야. 그래서 이 일화가 지금까지 전해져 내려오는 것이겠지만…….

• 기억을 먹는 아이 •

산책길 옆 의자에 앉아 건성건성 책장을 넘기고 있던 내 옆에, 한 아이가 앉았습니다. 예닐곱 살쯤 되었으려나요. 남자아이인지 여자아이인지 잘 구별되지 않는 얼굴 여기저기엔 하얗게 각질이 일어나 있었습니다. 목이 늘어난 티셔츠와 무릎이 나온 바지는 깡마른 아이의 몸에 헐렁하기 그지없었습니다. 아이가 불쑥 말했습니다.

"난 뭐든지 씹을 수 있어요."
"그래?"

아이는 대뜸 입을 벌려 입 안을 보여주었습니다. 아이의 이는 일부러 쇠줄로 갈기라도 한 듯 뾰족했습니다. 그 모습이 괴이

해서 나도 모르게 눈살을 찌푸렸으나 아이는 개의치 않는 기색이었습니다.

"아무거나 주세요. 내가 먹어줄게요."

"줄 거 없는데."

과자나 사탕 같은 것을 얻을 수 있을지 떠보는 듯했으나, 공손하기는커녕 선심 쓴다는 듯 '먹어주겠다'니 괘씸한 노릇이었습니다.

"과자는 네 엄마 아빠한테 사달라고 해."

"엄마 아빠 없는데요."

예상 밖의 대답에 움찔했으나 대수롭지 않은 척 말을 이었습니다.

"그럼 다른 어른한테 사달라고 해. 할머니나 삼촌, 아무튼 같이 사는 어른 말이야."

아이는 어깨를 으쓱하며 말했습니다.

"같이 사는 어른도 없는데."

이제 뭐라고 해야 하나 당황하고 있는데 아이가 말했습니다.

"나 진짜로 도와주려고 하는 건데. 누나 표정이 안 좋아서요."

"내가? 표정이 안 좋아?"

"네, 안 좋아요. 누나 같은 표정을 하고 있는 사람들이 내가 도와주면 좋아하더라고요. 그래서 물어보는 거예요. 세상에서 영— 영— 없어졌으면 하는 거 없어요? 내가 다 먹어줄 수 있거든요."

얼토당토않은 말을 늘어놓는 성가신 아이였습니다. 그때 마침 바로 옆 은행나무 가지 위를 돌아다니는 청설모 한 마리가 눈에 띄었습니다. 나는 아이를 놀리려고 청설모를 가리키며 말했습니다.

“그래? 그럼 저걸 먹어줘. 저기 청설모 보이지?”

“살아 있는 동물은 안 먹어요.”

“그래? 그런데 내가 원하는 건 네가 살아 있는 청설모를 먹어치우는 건데. 그건 못 하겠어? 그럼 그냥 가라.”

그러나 아이는 조금도 기죽지 않았습니다. 그러고는 청설모를 먹는 대신, 나무 옆에 있는 쌀가마니만 한 바위를 먹어치웠습니다.

“봤죠?”

나는 얼어붙고 말았습니다. 비명을 지르며 달아나고 싶었지만 몸이 말을 듣지 않았습니다. 아이는 막 바위를 씹어 먹은 주제에 마냥 천진한 표정으로 없애고 싶은 걸 말해보라고 졸라댔습니다.

나는 넋 나간 표정으로 들고 나온 책이며 가방, 입고 있던 카디건, 산책길 안내 표지판 따위를 손가락으로 대충 가리켰고,

아이는 그것들을 조용하고 빠르게, 그리고 아주 쉽게 꼭꼭 씹어 삼켰습니다.

눈앞의 일이 현실이 아닌 것 같았습니다. 무서워서 온몸이 덜덜 떨려왔습니다. 그러다가 문득 '지금 이 상황은 꿈이 아닐까?' 하는 생각이 들었습니다. 꿈이 아니고서야 모든 것을 쉽게 먹어치우는 아이 따위를 만날 리 없었습니다.

'꿈이 아니고서야!'

그렇게 생각하자 용기가 났습니다.

나는 산책길 바닥에 엉덩이를 깔고 앉아—돌로 만든 의자는 아이가 먹어버렸기 때문에— 아이에게 질문을 하기 시작했습니다.

"이런 식으로 다 먹을 수 있다는 거지? 뭐든지?"
"네."
"저기 나무들 위로 건물 보여? 저런 것도 먹을 수 있어?"

"먹어줄까요?"

"오, 안 돼."

"저도 먹고 싶지 않아요. 저걸 먹으면 저기 사는 사람들이 갈 데가 없어지잖아요. 그런 건 안 먹어요. 그런 거 빼고 말해보세요."

곰곰이 생각해보았습니다.

아이는 오랫동안 생각에 빠진 나를 얌전히 기다려주었습니다.

나는 생각 끝에 입을 열었습니다.

"기억 같은 것도 먹을 수 있어?"

"그럼요."

"……"

"기억 먹어달란 사람 많아요. 되게 많이 먹어봤어요."

"……하지만 기억을 어떻게 먹지?"

눈앞에서 바위며 가방, 옷, 표지판 따위를 쉽게 씹어 삼키는 것을 보았어도 기억을 먹을 수 있다는 말에는 버럭 화가 났습니다. 아무리 꿈속이라 해도, 뇌가 받아들일 수 있는 한계가 있는 법이니까요. 그런데 아이는 나의 추궁을 단순한 질문으로 받아들인 듯했습니다.

"어떤 기억인지 나한테 얘기하면 돼요. 그럼 먹을 수 있어요."
"내가 너한테 얘기만 하면……?"
"먹어줄게요."

시험 삼아 사소한 기억 하나를 말해보았습니다. 중학교 때 시내 대형 문구점에서 볼펜을 훔치다 들켜서 망신을 당한 일이었습니다. 아이는 그 기억을 보란 듯이 꼭꼭 씹어 삼켰고, 나는 그 순간부터 내가 그런 짓을 했다는 걸 깡그리 잊어버렸습니다(이것은 후에 그 아이에게 들은 이야기입니다. 나는 정말 기억나지 않습니다).

"맙소사."

나는 울기 시작했습니다. 가슴이 벅차올라 말도 제대로 할 수 없었습니다.

기억을 먹어주다니.

"조금만 기다려줘. 잊고 싶은 기억이 많아."

나는 서둘러서 이런저런 기억들을 떠올리기 시작했습니다.

떠올리는 것조차 고통스러운 일들이었지만 견딜 수 있었습니다. 어차피 잠시 후면 이 아이가 모두 꼭꼭 씹어 먹어줄 테니까요.

아이는 기다리는 것이 조금 지루해졌는지 산책길 주위에 둘러진 성벽의 돌을 하나하나 쓰다듬으며, 아이답지 않은 나지막한 목소리로 이런 노래를 흥얼거리기 시작했습니다.

나는 기억을 먹을 수 있어요
그 기억도 내가 삼켜줄게요
다시는 꺼낼 수 없게 먹어줄게요, 내가

비행

◈◈◈

길을 가다 보면 가끔

비닐봉지가 바람에 날아다니는 걸 보게 되잖아.

바람이 많이 부는 날엔 제법 긴 비행을 하지.

그걸 볼 때마다 걸음을 멈추게 돼.

그리고 그 광경을 하염없이 보면서 상상하게 돼.

지금 날아다니는 저 비닐봉지는

전엔 무얼 담고 있었을까.

저렇게 날아다니는 지금은

자유롭다고 느낄까.

아니면 허무할 뿐일까.

끝까지 무언가를 계속 담은 채로 있고 싶었던 건 아닐까.

엇그제 지하철역에서 지상으로 막 나왔을 때도
눈앞에 비닐봉지가 떠다니고 있었어.
그냥 평범한 비닐봉지였어.
동네 작은 가게에서 아무거나 담아주는
두껍지도 얇지도 않은
아무것도 적혀 있지 않은 검은 비닐봉지.
그게 하늘을 떠다니길래 여느 때처럼 보고 있는데
비닐봉지가 비명을 질렀어.

바스락거리는 소리를 들은 게 아니야.
사람이나 동물이나 자동차가 낸 소리도 아니야.
비닐봉지가 비명을 지를 수 있다면
꼭 그렇게 들릴 법한 소리였어.

비닐봉지가 저 멀리 날아가
눈앞에서 사라진 후에도
나는 한참을 멍하니 서 있었어.
그 비명이 머리를 떠나지 않아서.

내가 겪은 일이야.

믿어주지 않아도 돼.

하지만 분명히 들었어.

검은 비닐봉지가 비명을 지르고 있었어.

그 뒤로 생각을 멈출 수가 없는 거야.

무엇을 담았다가 버려졌길래 그랬을까.

대체 어떤 것을 담았다가 버려졌길래…….

• 그 아이 •

사람들은 대개, 어른이 되어 무언가 큰일을 했을 때 그 이름이 신문에 오릅니다.

그게 훌륭한 일이든 못된 일이든 말입니다.

어린아이가 어른 못지않은 일을 해내서 오르는 경우도 있지만요.

아이는 아무 짓도 하지 않았지만

태어나자마자—정확히는 이틀째 되는 날— 모든 신문 지면에 올랐습니다.

버스 정류장 앞에 있는

가로수 위에서 발견되었기 때문입니다.

어느 늦가을 새벽, 아이는 검은 비닐봉지에 담겨
노랗게 물든 은행나무 가지에 걸린 채로 울고 있었습니다.
바로 옆 건물의 8층 창문에서 힘껏 던져졌지만
나뭇가지에 비닐봉지 손잡이가 걸려 간신히 죽지 않은 것입니다.
이른 출근을 하던 이들이 아이를 발견한 덕에
아이의 존재가 세상에 널리 알려지게 되었습니다.
그러나 이름을 얻기 전이어서 이름까지 알려지진 못했죠.
그래서였을까요? 세상은 아이를 금세 잊었습니다.

아이는 보육원에서 지냈습니다.
매우 평범한 아이였죠.
특별히 눈에 띄는 외모도,
유난히 말을 잘하는 것도 아니며
노래나 춤, 그림이나 운동에 재주가 있는 것도 아니었습니다.

잘하는 것은 단 하나, 무엇이든 잘 먹는 것이었습니다.
그러나 그것은 자랑할 만한 재능은 아니었습니다.

아이의 식탐이 커질수록
보육원 원장의 표정은 어두워졌습니다.

“어린애가 어쩜 이렇게 잘 먹는다니?”
하며 신기해하던 원장은, 이내
“어린애가 어쩜 이렇게 많이 먹는다니!”
하며 한숨을 쉬게 되었습니다.

아이는 두 살일 때 이미 어른보다 많이 먹었습니다.
네 살이 되자 어른이 먹는 밥의 세 배는 먹었습니다.
여섯 살이 되자 이제 얼마나 먹을 수 있는지 알 수도 없게 되었습니다.
배불리 먹을 때까지 밥이 나오는 일이 없어졌거든요.
아무리 먹어도 허기가 가시지 않았습니다.
아이는 자기가 무언가 먹어치울 때마다
어른들의 표정이 무섭게 변하는 것이 슬펐습니다.
할 줄 아는 거라곤 잘 먹는 것뿐인데
그것으론 귀여움을 받을 수 없었습니다.

그래서 어른들이 보고 있는 동안엔 배부른 척하다가
밤이 되면 몰래 부엌에 가서 배를 더 채우곤 했습니다.

그날도 아이는 모두 잠든 밤에 배가 고파 일어났습니다.
살금살금 부엌으로 갔지만 먹을 것은 보이지 않았습니다.
밤마다 다음 날 식사거리를 모두 해치워버리는 아이 때문에
담당 직원이 음식을 모두 감춰놓았기 때문입니다.

예상치 못한 상황에, 아이는 허기를 달래려고 숟가락을 입에 물었습니다.
숟가락이 막대사탕이라면 좋겠다고 생각하며 가만히 깨물던 아이는 깜짝 놀랐습니다.
숟가락이 과자처럼 씹혀 넘어가버렸기 때문입니다.
손을 넣어 빼내보려 했지만, 이미 목구멍 저 아래로 내려가버린 뒤였습니다.

그런데 신기하기도 하지요.
조금도 거북하지 않았거든요.

쇠로 만든 숟가락을 삼켰는데도 배가 아프기는커녕 아무렇지도 않았습니다.

그날 밤 아이는 숟가락 열두 개와 젓가락 열두 벌, 접시 여덟 장을 먹어치웠습니다.

무엇이든 입에만 넣으면 힘들이지 않고도 꼭꼭 씹어 꿀떡꿀떡 잘 삼킬 수 있었습니다.

다음 날 아침, 식기들이 사라진 것을 발견한 직원들이 법석을 떨 때

아이는 다른 아이들 사이에 누워 편안히 잠을 자고 있었습니다.

그 후로 며칠 지나지 않아

의자 스무 개, 책상 일곱 개, 벽시계 두 개, 청소 솔과 대걸레까지 먹어치웠을 때 아이는 들키고 말았습니다.

사실 아이는 아무리 배가 고파도 다른 아이들을 생각해

동화책과 인형, 장난감과 축구공 같은 건 먹지 않았지만

그건 아무도 칭찬해주지 않았습니다.

"맙소사! 이 애는 괴물이야!"

아이는 신나게 두들겨 맞고 보육원에서 내쫓겼습니다.

뒤늦게 아이를 방송국에 제보해 돈 벌 궁리를 해낸 원장이 아이를 찾아 나섰지만

이미 아이는 멀리 가버린 후였습니다.

아이는 자신의 유일한 재주로는 사랑받을 수 없다는 사실이 슬펐습니다.

거리를 떠돌면서 어떻게든 사람들을 기쁘게 해주려 애썼지만

아이가 뭔가를 먹어치우면, 어른들은 칭찬 대신 비명이나 욕설을 퍼부을 뿐이었습니다.

어느 밤, 아이는

골목 구석에 주저앉아 토하는 술 취한 남자를 보았습니다.

남자는 아이를 힐끔 보곤 저리 가라고 턱짓했습니다.

그러나 아이는 멀리 가지 않고 남자 주위를 맴돌다가

근처에 있는 가로등을 먹었습니다.

가로등 불빛 때문에 남자가 창피해할 것 같았으니까요.

아이가 여느 때처럼 잽싸게 도망가려는데
남자가 토하는 것을 멈추고 너그러운 표정으로 아이에게 손짓했습니다.
가로등을 먹어치운 것을 보고도 남자가 놀라지 않은 것은 순전히 취기 때문이었지만
아이는 감격하고 말았습니다.

"분명히 여기 가로등이 있었는데, 네가 먹은 거 같다?"
"……네."
"그렇지? 내가 잘못 본 게 아냐. 네가 먹은 거 맞지?"
"네."
"으하하하, 굉장하구나!"

남자는 껄껄 웃으며 아이를 와락 끌어안았습니다.
남자의 셔츠 곳곳에 토사물이 묻어 있었지만 그런 것 따위 괜찮았습니다.

"또 뭘 먹을 수 있는 거냐?"

아이는 처음 들어보는 칭찬에 들떠 근처에 있는 낡은 자전거며 쌓여 있는 쓰레기봉투, 어느 집의 우편함과 대문 손잡이를 쉬지 않고 먹어치웠습니다.

남자는 줄곧 감탄 어린 눈으로 아이를 지켜보다 말했습니다.

"못 먹는 게 없는 녀석이군. 자, 이제 내 기억을 먹어봐라!"

"그게 어디 있는데요?"

남자는 자신의 이마를 탁 치며 말했습니다.

"이런! 기억이 어디 있냐고? 그런 말도 안 되는 질문을 하다니. 내가 말해줄게. 지금부터 너한테 말해줄 테니까, 다 먹어주렴. 난 지금 이놈의 기억들 때문에 괴로워 죽겠단다."

그러더니 남자는 아이를 끌어안고 자신을 괴롭히는 기억들을 중얼중얼 내뱉기 시작했습니다.

아이는 물론 그것들을 남김없이 받아먹었고요.

동이 틀 무렵 남자는 세상에서 가장 홀가분한 얼굴로 골목을 떠났습니다.

아이는 세상에 자신을 반기는 사람도 있다는 사실을 깨닫고 무척 기뻤습니다.

그날 이후 아이는 슬픈 표정으로 혼자 앉아 있는 사람들에게 말을 걸기 시작했습니다.

그러면 그들은 처음에 뭘 먹어보라고 했든
결국은 기억을 먹어달라고 청했죠.

그러니 당신이 슬프고 또 슬픈 날 공원 벤치에 혼자 앉아 있을 때
처음 보는 아이가 다가와 말을 건다면, 매몰차게 밀어내지 말고 이야기해보세요.

그 아이가 바로
기억을 먹는 아이일 수 있으니까요.

• 지옥 •

사람들이 '지옥'이라고 부르는 남자가 있었습니다. 복수하는 방법을 알려주는 사람이었죠. 지옥의 명함에는 '복수 설계사'라고 적혀 있었습니다.

그러니까 지옥은 사람들을 대신해서 직접 복수를 해주는 사람은 아니었습니다. 의뢰인의 사연을 듣고, 언제 어디서 어떻게 복수를 실행할지 계획을 세우는 사람이었죠. 지옥이 설계한 복수는 거침없고도 치밀하며, 대담하고도 영리한 것으로 유명해 의뢰인이 끊이지 않았습니다. 지옥을 만나기 위해서는 몇 년이고 기다려야 했죠.

간혹 복수라는 행위를 못마땅하게 여기는 이들이 지옥에게

설교를 하기도 했습니다. 그들의 레퍼토리는 대체로 이러했습니다.

'사적인 복수를 돕는 일은 정당하지 않다. 복수는 복수하는 이의 영혼을 망가뜨린다. 그렇게 일일이 복수하지 않아도, 나쁜 인간들은 죽어서 지옥에 떨어지게 돼 있다.'

그들에게 지옥은 대꾸했습니다.

"지옥이 어딨어. 그런 거 없어. 있다고 해도 악마들이 뭐가 아쉬워서 하찮은 인간을 공들여 괴롭히겠어. 대충 삶고 으깨서 던지고 놀다 말겠지. 죽어서 큰 벌을 받게 될 거라고 믿는 건 자의식 과잉이라고. 아무래도 인간이야말로 인간을 가장 잘 괴롭힐 수 있는 법이야. 그러니까 벌 주고 싶은 인간이 있다면 그자가 죽어서 지옥에 가길 빌지 말고, 이생을 지옥으로 만들어줘야지."

그렇게 콧방귀를 뀌고는 의뢰인들을 위한 복수 계획에 몰두

하는 것이 지옥의 업무이자, 유일한 일과이자, 살아가는 낙이었습니다. 그렇습니다. 그것은 지옥에게 꼭 맞는 천직이었습니다. 지옥이 설계한 방법들을 살펴보면, 복수를 당할 이들은 살면서 한 번도 겪지 못한 고통을 느낄 것이 분명했습니다. 차라리 죽는 것이 낫겠다고 하늘에 빌고 또 빌 것이 뻔했죠. 그러나 지옥은 그들이 정말 죽어버리는 것은 허락하지 않았습니다.

그날도 지옥은 사무실에 찾아온 의뢰인과 마주 앉아 있었습니다. 의뢰인은 이제 갓 스무 살을 넘긴 여성으로, 자기 생부에게 복수를 하고 싶어 했습니다. 중학생 때 지옥의 존재를 알게 된 후 아르바이트를 하며 돈을 모았다고 했습니다. 의뢰인이 살아온 이야기를 들으니 그녀의 생부는 과연 세상에서 가장 고통스럽고도 잔인한 복수를 당해야 마땅한 자였습니다. 어떻게 복수하는 것이 좋을지 지옥의 머릿속에 그림이 바로 떠올랐습니다. 지옥이 탁자 위의 노트에 그 그림을 그리면서 운을 떼려는데, 의뢰인이 말을 이었습니다.

"그런데 이 사람이 지난달에 죽었어요."

지옥이 고개를 들었습니다.

"뭐라고?"

"지난달에 죽어버렸어요. 갑자기. 사고가 나서."

"근데 여긴 왜 찾아왔어?"

"복수하고 싶어서요."

"이미 죽은 사람한테 무슨 복수를 하려고. 시체라도 파내려고?"

"화장하고 뿌려서 시체는 없어요."

"그럼 나더러 뭘 하라고?"

"복수 설계사라면서요. 어떻게든 복수할 방법을 찾아낸다고 해서 왔는데요."

지옥은 얼굴을 찌푸렸습니다.

"산 사람한테 할 복수라면 얼마든지 계획을 세워줄 수 있지. 근데 죽어버린 사람한테 이제 와 무슨 복수를 한다는 거야?"

"죽어버린 사람한테는 복수를 못 한다는 말이에요?"

“그렇지. 하고 싶었으면 죽기 전에 했어야지. 살아 있어야 고통도 느끼는 거지, 죽은 사람이 뭘 느끼겠어. 죽기 전에 찾아왔으면 내가 계획을 잘 짜줬지. 그대로만 하면 네 아버지란 작자는 아주 고통스러웠을 거야. 그런데 지금은 할 수 있는 게 없지.”

“그래도 뭔가 방법이 있나 해서 왔는데……”

“없어. 없다고.”

지옥의 답을 들은 의뢰인은 말을 잇지 못하고 멍하니 허공을 바라봤습니다. 지옥이 처음 보는 유형의 태도였죠. 그동안 만난 의뢰인들은 대체로 격앙되어 있었습니다. 지난날 당한 일을 떠올리며 화를 내거나, 흐느끼거나, 비명을 지르며 펑펑 울거나 소리를 쳤죠. 드디어 복수하게 되었다는 생각에 기쁨의 포효를 하거나, 콧노래를 흥얼거리거나, 덩실덩실 춤을 추기도 했고요. 어떻든 모두가 결국은 만족스러운 상태로 사무실을 걸어 나갔죠. 그런데 오늘 처음으로 원하는 것을 얻지 못해 낙담한 의뢰인이 생긴 것이었습니다. 그것이 어쩐지 마음에 걸려, 지옥은 마음에 없는 소리를 지껄였습니다.

"이 인간, 꽤 젊은 나이에 뒈졌으니 알아서 벌을 받은 거네. 그렇게 생각하자고."

그러나 의뢰인은 그 말에 수긍하기는커녕 눈물을 뚝뚝 흘리기 시작했습니다.

"죽어버려서 복수를 할 수 없다니. 복수를 해야 하는데."

"울어봐야 죽은 사람이 살아 돌아오는 것도 아닌데 그만 울고, 이제 가보라고."

"그러면 나는 아무 복수도 하지 못한 채로 살아가야 하는 건데요."

지옥은 한숨을 쉬었습니다.

아무 복수도 하지 못한 채로 살아가야 하는 것,

그게 무엇인지 지옥은 잘 알고 있었습니다.

지옥은 어느새 오래전 일을 떠올리고 있었습니다.

땅이 꽁꽁 얼어붙은 1월 어느 날,

지옥의 아버지는 관에 든 채 묘지에 묻히고 있었습니다.

열 살이던 지옥은 무덤 위로 마지막 흙이 덮이는 순간을 멍하니 바라보고 있었습니다.

주위에서 친지 어른들의 대화 소리가 들렸습니다.

"제 아버지가 죽었는데 어린애가 하나도 안 우네."

"아직 어려서 그렇겠지. 뭘 모르니까."

"열 살이 어려? 알 거 다 아는 나이지. 눈물 한 방울을 안 흘려. 어린애가 엄청 독해."

그 말을 듣고서야 지옥은 아버지가 죽은 후로 자신이 한 번도 울지 않았다는 사실을 깨달았습니다.

장례가 끝나고 집으로 돌아온 그날 밤에도

학교에 다시 다니면서도

식구 모두가 나간 집에 혼자 가만히 앉아 있을 때에도

매년 돌아오는 아버지의 기일에도

지옥은 한 번도 울지 않았습니다.

시간이 흘러 스무 살이 된 어느 날,

지옥은 이런 생각을 하며 처음으로 서럽게 울었습니다.

'아무런 복수도 할 수 없다니.'

지옥은 지금 자신의 눈앞에 앉아 서럽게 우는 의뢰인을 지켜보다가 입을 열었습니다.

"내가 여기에서 복수 계획을 짜주면, 몇 퍼센트가 그걸 진짜로 실행에 옮긴다고 생각해?"

"……전부 하겠죠."

"정말 그럴까? 조사는 따로 안 해봤지만, 내 짐작엔 반의반도 안 할 것 같은데."

지옥은 의뢰인에게 티슈를 뽑아 건네주며 말을 이었습니다.

"내가 보기엔 여기에서 내가 계획을 세워주는 순간 절반은 한이 풀려. 나머지 절반도 돌아가서 그 계획대로 실행할 생각을 하는 동안 한이 풀리고. 돌아가자마자 망설이지 않고 바로 실행에 옮기는 사람도 있지만, 그런 완벽한 계획을 두고도 이걸 진짜 해, 말아, 하면서 고민하는 경우가 더 많아. 실제로 감행하기엔 아무래도 부담이 큰 일이고, 준비할 것도 생각할 것도 많거든. 그런데 그렇게 고민하면서 복수를 상상하는 것만으로도 기분이 나아져. 그러면 그때부턴 이 상태를 굳이 벗어나야 하나, 싶은 거지."

의뢰인의 울음이 조금 잦아들었습니다.

"실행함으로써 복수가 끝나버리는 걸 원치 않는 경우도 있어. '복수할 가능성이 존재하는 상태'를 유지하는 편을 선호하는 거지. 그러니까 내 말은, 이런저런 이유로 진짜 실행에 옮기는 사람은 생각보다 많지 않을 거란 거지."

지옥은 다시 펜을 집어 들었습니다.

"아가씨한테도 내가 계획을 세워줄 테니까, 진정해."
"죽어버려서 더는 할 수 있는 게 없다면서요."

"죽지 않고 살아 있었다면 어떻게 복수할 수 있었을지 적어 줄게."

"……"

"상상이라도 하라고."

"……"

"살아 있다고 가정하고 계획을 세워줄게. 그리고 나는 사후 세계 같은 건 안 믿지만 있다고 치고, 거기까지 쫓아가서 어떻게 하면 좋을지까지 계획해줄게."

"……"

"아가씨 남은 평생 두고두고 번갈아가면서 상상할 수 있게 잔뜩 계획을 세워줄게."

"그게 가능할까요?"

"가능해."

지옥이 단호하게 말했습니다.

"……"

의뢰인이 고개를 끄덕였습니다.

지옥은 노트 위에 그림을 그려가며, 가능한 복수 방법들에 대해 거침없이 설명하기 시작했습니다.

• 움막 마을 •

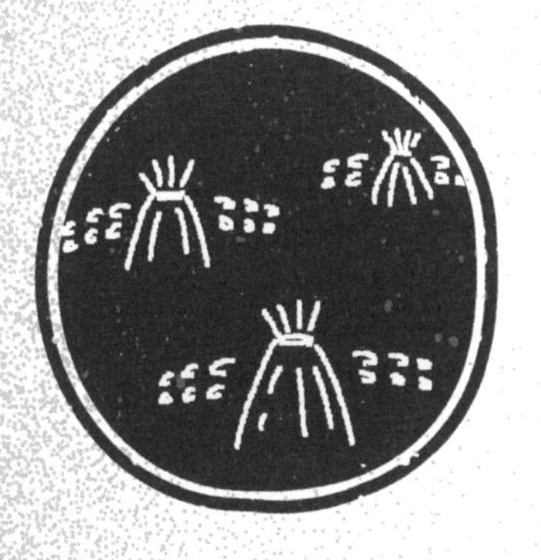

◈◈◈

마을에 도착했을 때 나는 무척 지쳐 있었습니다.

다니던 직장을 그만두고 무작정 걸어서 전국 일주 여행을 해 볼까 싶어

배낭 하나 메고 집을 나선 지 꼭 한 달째 되는 날이었습니다.

달력상으론 이미 가을이었지만

그해따라 늦더위가 기승이었습니다.

땀을 몇 바가지나 흘리며 걷던 나는 어느 마을 입구에 다다랐습니다.

원래는 20킬로미터는 더 가야 하는 마을에 묵을 계획이었지만

더는 걸을 수 없을 것 같아 그곳에 여장을 풀기로 했습니다.

농촌에서 흔히 볼 수 있는 마을이었습니다.

그동안 지나친 곳들과 크게 다를 것도 없었습니다.

그러나 나는 금세 이상한 낌새를 챘습니다.

어디선가 우는 소리가 들려왔던 것이죠.

분명히 사람이 우는 소리였고

그것도 여러 명이 우는 게 분명했습니다.

어떤 울음은 나직하게 흐느끼는 소리였고

어떤 울음은 차라리 외침이라고 할 정도로 통곡에 가까웠습니다.

순간 섬뜩했지만,

한편으론 그 울음소리가 어디에서 나는지 궁금하기도 했습니다.

논둑길을 따라 걷다가 들판 곳곳에 서 있는

짚을 엮어 만든 움막들을 발견했습니다.

아무래도 거기에서 나는 소리 같았습니다.

소리의 근원지를 알아내니

조금 전보다 훨씬 더 무서워지고 말았습니다.

이런 괴상한 일이 또 있을까요?

움막은 영 허술한 모양새여서 그 안에 누굴 가둘 수는 없어 보였습니다.

'그렇다면 사람들이 자발적으로 저 안에 들어가서 울고 있는 거란 말인가? 아니면 소리로 새를 쫓는 신종 허수아비인가? 아니면 보기엔 허술해도 저 안에 강제로 묶여 있는 사람들이 있는 건가? 지금 바로 경찰에 신고 전화를 해야 하나?'

그동안 보아온 각종 범죄 기사들을 떠올리고 있자니 식은땀이 줄줄 났습니다.

차마 가까이 가서 들여다볼 용기는 나지 않아 온갖 상상만 하며 진땀을 흘리고 있는데

누군가 말을 걸었습니다.

"뭐 해?"

언제 다가왔는지 모를, 러닝셔츠와 반바지 차림의 노인이었습니다.

뭐 하냐니, 그건 내가 묻고 싶은 말이었습니다.

대체 사람들이 저 안에서 뭘 하고 있는 거냐고요.

말문이 막혀 얼어 있으니 노인이 다시 물었습니다.

"뭐 하는 사람이야?"

"그냥…… 여행하는 중입니다."

"잘 데가 필요해?"

"아, 아닙니다."

이미 그 마을에서 밤을 보낼 생각은 사라진 후였습니다.

"그럼 왜 여기에 도둑처럼 서 있어? 무섭게."

누가 누굴 보며 무섭다는 건지 모를 일이었습니다.

상대하지 않고 그냥 자리를 뜨려 했지만 결국 궁금증을 참지 못하고 묻고 말았습니다.

"……어르신, 저기 움막들마다 사람이 들어가서 울고 있는 게 맞습니까?"

"그렇지."

노인이 너무 아무렇지 않게 대답해서 당황스러웠습니다.

"……대체 왜들 저러고 있는 겁니까?"

"인정하고 있는 거지."

"네? 뭐를 말입니까?"

"뭐긴. 어떤 것이든."

"……"

"다들 각자의 이유로 들어가 있겠지. 살다 보면 뭐든 인정해야 할 때가 생기잖아. 개인사가 됐든 가족사가 됐든, 인정할 일은 반드시 생기기 마련이니까. 그런데 그게 아주 어려운 일이거든. 자네 한번 생각해봐. 이건 쌀이다, 라고 한평생 믿고 있었는데 어느 날 갑자기 누가 와서 그게 사실은 보리라는 거야. 날벼락이지. 그래서 다들 인정할 게 생기면 저기 들어가서 우는 거야. 시원하게 울고 나오는 거라고. 게다가 울면 배가 고파져.

그 덕분에 조금 더 살게 되지."

"그럼, 어르신도 저기 들어가서 우신 적이 있습니까?"

"당연한 소릴. 내가 별종인가? 여기서 나서 자란 사람들 중에 저기 들어가서 울고 나오지 않은 사람은 없어. 아주 어릴 때부터 인정할 게 생기면 바로 들어간다고. 제대로 된 사람이라면 인정할 일이 많은 법이야. 인정을 많이 할수록 괜찮은 사람이 되는 거라고."

노인의 말은 어처구니없었지만 나는 고개를 끄덕이며 들었습니다. 그곳 풍습이 그렇다면 어쩔 수 없는 노릇이니까요. 생각보다 무서운 상황은 아닌 게 다행일 뿐이었습니다.

나는 잘 알겠다고 대답하고 걸음을 돌리려다가, 마지막으로 노인에게 물었습니다.

"그런데 꼭 저런 데 들어가서 우는 이유가 있는 겁니까?"

"왜, 궁금해?"

"예. 집에서 남들이 안 볼 때 울어도 되는데, 왜 굳이 저런 데에 들어가서 다 들리게 울어야 하는지……"

"나도 몰라."

"……예."

그 마을에 더 머물면서 다른 주민들에게 이것저것 물어볼까 하는 생각이 잠시 들었지만, 나는 마음을 고쳐먹고 서둘러 그곳을 뜨기로 했습니다.

더 머물다가는 어쩐지 내가 인정해야 할 것들이 한없이 떠오를 것 같았기 때문입니다.

• 한 마디 •

◈◈◈

오늘 우리는

역사상 가장 위대했던 퇴마사의 죽음을 애도하기 위해

이 자리에 모였습니다.

정말 많은 분들이 와주셨습니다.

이렇게 많은 이들에게 존경과 사랑을 받아온 이가

끔찍한 사고로 우리 곁을 떠나야 했다니

이루 말할 수 없는 비통함을 느끼는 한편

그의 추도사를 준비할 수 있게 되어

영광이기도 한

복잡한 심경임을 고백합니다.

퇴마사.

사실 '퇴마사'란 단어는

그에게는 썩 어울리지 않는 명칭이었습니다.

정확히 말해, 그는 영혼을 퇴치하거나 물리쳤다기보다

영혼을 달래고 위로하고 토닥여주었기 때문입니다.

여러분 중 단 한 분이라도

그가 영혼과 크게 싸웠다는 이야길 들어본 적 있습니까?

그는 영혼의 벗, 영혼의 안내자, 영혼의 은인이었습니다.

그는 자신에게 영혼과 대화할 수 있는 능력이 있다는 사실을 깨달은 뒤로

50년간 쉬지 않고 수많은 영혼에게 안식을 찾아주었습니다.

제아무리 사납고, 난폭하고, 고집 센 영혼이라 해도

그와 이야기를 나눈 후엔 순한 양처럼 순순히 저승으로 향했습니다.

따라서 그는 영혼을 구함과 동시에

그 영혼으로 인해 고통받고 두려움에 떨던

산 자들까지 구했다고 할 수 있습니다.

그 숫자는 일일이 헤아릴 수 없을 정도입니다.

이제껏 지구상에 존재한 그 어떤 퇴마사도 그를 능가할 순 없었습니다.

그런 그가 이제 영혼이 되어 저승으로 향했습니다.

죽음이 아무리 벗어날 수 없는 자연의 섭리라 해도

여러분은 그를 애도함과 동시에

이제 이 세계는 누가 어떻게 지켜줄 것인가 하는

거대한 두려움을 느끼실 것입니다.

그러나, 자……

그는 세상을 뜨기 오래전에 우리에게 유언을 남겨놓았습니다.

놀랍게도 그는 영혼을 대하는 비결을

보다 많은 사람들이 알게 되길 바랐습니다.

아무 말 없이 세상을 떴다면
영원히 퇴마계의 독보적인 전설로 남을 수 있던 그가
굳이 그 비결을 널리 알리고자 했다니!
그가 이 세계를, 가여운 영혼들을, 산 자들을
얼마나 사랑했는지 보여주는 증거가 아니고 무엇이겠습니까?

그가 남긴 유언이자
영혼을 잘 달래는 법을 요약하면 이러합니다.

첫째,
영혼이 하는 이야기를 잘 들어라.

당연한 얘기 같습니까?
그러나 많은 퇴마사들이 이 점을 간과합니다.
자신에 대해 이야기한다는 것, 그것은
적어도 그만큼은 마음을 열었다는 뜻입니다.
그러니 그 말을 진지하게 들어야 합니다.

언제인가, 그는 문명이 닿지 않은 오지 부락에서 한 영혼과 마주쳤습니다.

그는 그곳에서 사용하는 언어를 전혀 모르는 상황이었습니다.

그러나 그는 그 영혼의 눈빛과 표정, 어조와 몸짓을 진지하게 보고 듣더니

끝내는 영혼과 함께 펑펑 울어버리는 것이었습니다.

그리하여 그 영혼은 안식을 찾고 그곳을 떠났습니다.

하물며 말이 통하는 영혼에게는 어떠했겠습니까?

보편적인 기준에서 아무리 황당하고, 납득 안 되고, 심지어 우스꽝스러운 부분이 있다 해도

최선을 다해 끝까지 진심 어린 자세로 들어주는 것,

이것이 영혼을 대하는 가장 기본이라고 그는 강조했습니다.

둘째,

이야기를 다 들어주었다면

진심 어린 말을 건네라.

그는 그런 대화에서 반드시 필요한 문장들을 알고 있었고
그 내용을 세계 각국의 언어로 외우고 있었으며
말년엔 소수민족의 언어로도 일일이 노트에 기록해서 지니고 다녔습니다.
그래서 그 어떤 나라에 가더라도 당황하는 법 없이
영혼을 인도하는 것에 성공할 수 있었다고 합니다.

고인의 바람대로 그가 남긴 노트는
후학들을 위해 기증될 예정입니다.
그리고 지금 이 자리에서
그 노트의 첫 페이지에 있는 문장을 공개하려 합니다.
그가 가장 높은 빈도로 했던 말입니다.
이 말을 건네면 많은 영혼이
눈물을 글썽이거나
통곡하거나
절규하거나
겸연쩍어하다가도 고맙다고 인사하거나
미심쩍어하다가도 고개를 끄덕이거나

무엇보다 공통적으로

안도하는 표정이 되어 저승으로 향했다고 합니다.

그는 이 한마디로 수많은 영혼들과 산 자들을 위로할 수 있었다고 고백했습니다.

"당신 잘못이 아닙니다."

• 치유 •

◈◈◈

반갑네. 이 순간부터 나와 함께 지내게 되었군.

막 도착해서 아직 정신이 없겠지만 곧 적응할 수 있을 거야.

교육을 잘 받고 왔겠지만, 여기에서 우리가 경험하며 얻는 데이터들은 자동으로 전송되니 자네가 그에 딱히 더 신경 쓸 일은 없네.

우리는 그저 평범한 인간으로 위장해서 인간들 틈에서 무난히 살아가면 되는 것이지.

하지만 그렇다고 쉽게 생각해선 안 된다네.

내가 그간 인간들을 관찰하고 또 겪은 바로는

인간들과 무난히 살아가는 것 자체가 상당히 어려운 일이네.

우리가 다른 존재라서가 아니니 긴장하진 말게.

자기들끼리도 무난히 어울려 사는 것을 몹시 어려워한다네.

그들은 그것을 '인간관계'라 부르면서, 어떻게 하면 잘할 수 있는지 연구하고 정보를 교환한다네.

신기하지 않은가? 같은 존재끼리도 관계를 어려워하다니.

그러니 여기에서 지내면서 '인간관계'에 문제가 생기더라도 너무 당황할 것 없네. 당연한 일이니까.

다만 인간이 아주 부서지기 쉬운 존재라는 점은 염두에 둬야 해.

처음엔 그들이 생각보다 너무도 연약해서 정말 놀랐지.

신체가 얼마나 약한지는 말할 것도 없네. 사실 그건 신체라고 할 수도 없어. 조금만 문제가 생겨도 죽어버리지.

마음이 약한 것은 더욱 의외였다네.

툭하면 마음을 다치고, 마음이 상하고, 마음을 빼앗기고, 마음이 부서지고, 마음이 갈 곳 없어지는 게 인간이야. 우리로서는 상상도 못 할 일이지.

이토록 연약한 존재가 지금까지 살아남은 건 순전히 운이었던 것 같아서 이들을 연구하는 게 무슨 득이 되겠나 싶을 정도였지.

그래서 임무에 회의를 느끼고 복귀하려 했는데 좀 더 연구해야 할 부분을 발견해서 머물기로 한 참이라네.

새롭게 주목하게 된 것은 인간의 치유 능력이야.

인간은 납득 안 되는 이유로 마음이 잘도 상하는 동시에

납득 안 되는 이유로 스스로를 잘도 치유하더란 말이야.

예를 들어 자기와는 전혀 상관없는, 길가에 핀 풀꽃을 보고 느닷없이 치유되기도 하는 식이지. 그저 흔한 풀꽃이 담장 아래 피었을 뿐인데, 그걸 보며 치유가 돼.

단지 하늘이 맑고 파랗다는 이유로 치유되는 인간도 보았다네. 얼마나 기막히던지…….

그때부터 인간의 마음이 또 어떤 난데없는 이유로 치유되는지 중점적으로 수집하기 시작했고, 사례가 아주 넓고 다양해서 상당히 많은 데이터가 쌓였다네. 이 자료가 그것이지.

쭉 훑어보면 인간들이 어느 순간에 치유되곤 하는지 알 수 있을 거야.

가장 높은 빈도로 치유되는 상황은 따로 정리돼 있으니 그쪽을 보면 되네.

맞네, 지금 자네가 짚은 바로 그 상황.

'다른 이가 공감해줄 때. 그래서 자신이 혼자가 아니라는 사실을 알게 될 때.'

그때 인간은 크게 치유된다네. 반대인 경우에는 상처를 받지. 그런 경우를 비롯해서 앞으로 별의별 일을 다 지켜보게 될 거야.

자, 내일부터 '인간관계' 속으로 뛰어들어야 하니까, 오늘 남은 시간은 일단 푹 쉬라고. 사실 나는 이 임무가 너무 지루하다 싶으면 인간들에게 이런저런 장난을 치기도 하는데, 자네도 머지않아 그런 여유가 생길 거야.

• 아가씨의 과자 •

◆◆◆

초겨울이었습니다.

일요일 오전에 느지막이 일어나 식사를 하고 집을 나섰습니다.

평소에 따로 운동을 하는 것도 아니니

그렇게라도 햇볕을 쬐며 움직이는 시간이 필요했습니다.

동네엔 오래된 성벽이 있었습니다.

성벽을 따라 조성된 산책길을 걸어 올라가다 보면 뒷산으로 들어설 수 있는 샛길이 나왔죠.

아스팔트로 포장되지 않은 땅을 밟으며 천천히 걷다가 적당한 나무 그루터기가 보이면 앉아서 쉬기도 하고

솔잎이 두툼하게 깔린 솔밭에 누워보려다가 따가워서 벌떡 일어나기도 하고

그야말로 마음껏 행동해도 되는 곳이었습니다.

그날도 익숙한 그 오솔길에 들어섰습니다.

햇볕이 따갑지만 공기는 서늘했습니다.

산책하기엔 아주 좋은 날씨였죠.

뺨에 닿는 맑고 차가운 공기를 만끽하며 천천히 걸음을 옮겼습니다.

사실 그날 나의 마음은 썩 편치 않았습니다.

몇 달째 다니는 회사에서 사람들과의 관계에 애를 먹고 있었습니다.

사실 어느 회사에 들어가도 되풀이되는 일이었습니다.

내 딴엔 진심으로 대한다고 해도

어느 순간 사람들과의 관계가 틀어지곤 했습니다.

관계를 바로잡으려고 하면 상황은 더욱 나빠졌고요.

사람들 말에 의하면 나는

'공감 능력이 없는 사람'이었습니다.

"그렇게 행동하면 다른 직원들이 어떻게 받아들이겠어?"

"다른 사람 기분도 생각해야지. 자네 혼자 일하나?"
"넌 상대방의 마음에 공감을 못 하는 것 같아. 지금 내가 무슨 심정일지도 짐작이 안 되지?"

그동안 들어온 말들을 떠올리며 산길을 걸었습니다.

내가 그 정도인가?

주위에 아무도 없는 것을 확인하고 입 밖으로 소리 내어 말해보았습니다.

"내가 그 정도로 무딘가?"
"내가 그렇게 사람들 마음을 못 읽나?"
"다른 사람들은 정말 나 같지 않나?"
"다른 사람들은 누가 말을 안 해도 어떤 마음인지 막 눈치채고 그러나?"
"그건 독심술 아닌가? 그게 당연한 건가?"
"……공감을 꼭 해야 하나? 왜지? 누가 공감해주지 않으면 다들 화가 나나?"

마음속 말을 마구 내뱉다 보니 어쩐지 걸음이 점점 빨라졌습니다.

아무리 생각해도 사람들의 마음이 이해되지 않았습니다.

아니, 왜 굳이 이해해야 하는지조차 이해되지 않았습니다.

그 길을 절반쯤 지났을 무렵, 갑자기 사방이 어두워졌습니다.

지나칠 정도로 파랗던 하늘이 머리 바로 위까지 시커멓게 내려앉아 있었습니다.

금세라도 비가 쏟아질 듯해 일찍 발길을 돌리기로 했죠.

그런데 이상한 일이었습니다.

그렇게 익숙하던 길이 그 순간부터 너무 낯설어졌습니다.

집 방향으로 내려가는 동안 처음 보는 낯선 풍경이 계속해서 나타났습니다.

누군가 일부러 내 앞에 새로운 길을 자꾸만 펼쳐놓는 것처럼 말이지요.

기어이 비가 쏟아졌습니다.

점점 굵어지는 빗방울을 원망하며 달리기 시작했습니다.

산은 밤처럼 어두워졌습니다.

달리고 달려도 끝이 보이지 않았습니다.

나중엔 내가 어느 방향으로 달리고 있는지조차 모를 지경이었습니다.

어이없게도, 그 작은 동네 뒷산에서 완전히 길을 잃었습니다.

옷은 이미 흠뻑 젖었습니다.

살을 파고드는 추위와 당혹감으로 갈팡질팡하던 그때 숲 저편에 희미한 불빛이 보였습니다.

그동안 뒷산을 오르내리면서 한 번도 본 적 없던 작은 집이 나타난 것입니다.

나는 무작정 그곳으로 달려가 문을 두드렸습니다.

탕탕탕탕!

누군가 창문으로 내다보는 것이 보였습니다.

잠시 후에 열린 문 안으로 스웨터와 발목까지 내려오는 치마를 입은 긴 머리 아가씨가 서 있었습니다.

울상인지 무심한 표정인지 자다 깼는지 도무지 모를 얼굴을 하고 말입니다.

"저, 저 아랫동네 사는 사람인데요. 길, 길을 잃어서요.

산에 자주 오는데, 길을 잃어, 서, 비, 비가 오고……"

서둘러 자초지종을 늘어놓으려 했으나 추위 탓에 입이 잘 움직이지 않았습니다.

그러나 어차피 아가씨는 내 얘기에 귀를 기울이지 않았습니다.

듣는 둥 마는 둥 하며 나를 집 안으로 들여 난로 앞으로 안내하더니 마른 수건을 가져다주었죠.

그런 일이 처음이 아니라는 듯 태연한 태도로 말입니다.

그제야 내 몰골이 말이 아니란 사실을 깨달았습니다.

푹 젖은 외투를 벗어 의자에 걸어놓고 빗물을 닦아내었습니다.

따뜻한 집 안 공기 덕분에 한기가 점차 가셨고 기분도 한결 나아졌습니다.

그제야 집 안에 가득한 과자 냄새를 알아차렸습니다.

겁에 질려 한참을 뛰어다닌 탓에 무척 배가 고팠습니다.

나도 모르게 두리번거리고 있자니

아가씨가 역시나 무심한 태도로 탁자 위 쟁반을 가리켰습니다.

"드셔도 돼요."

아가씨의 말이 끝나기도 전에 나는 과자를 집어 들어 입에 넣었습니다.

아아— 그것은 내가 먹어본 것 중 가장 맛있는 과자였습니다.

달콤하면서도 고소했다, 부드러운가 싶으면서도 바삭했다, 따위의 말은 하지 않겠습니다.

말로는 도저히 설명할 수 없는 맛이었으니까요.

한참이나 말없이 먹다 보니

쟁반에 가득 담겨 있던 과자를 거의 다 먹어치우고 말았습니다.

나는 아가씨에게 무슨 과자냐고 물었습니다.

반드시 다시 이 과자 생각이 간절해질 게 분명했기에

아무리 구하기 어렵고 비싸더라도

무슨 과자인지, 어디에서 살 수 있는지 알고 싶었습니다.

그러나 돌아온 대답은 엉뚱했습니다.

"내 마음은 과자가 돼요."

"……네?"

무슨 의도로 한 말인지 짐작조차 할 수 없었습니다.

웃으라고 한 말이라기엔 웃기지 않았고

아가씨의 얼굴에도 웃음기가 없었습니다.

그러나 진지하게 꺼낸 말도 아닌 것 같았죠.

아가씨는 다시 어떻게 물어야 하나 머뭇거리고 있는 나를 흘긋 보더니 나직한 어조로 말했습니다.

"내 마음은 과자가 된답니다.

언젠가부터 과자가 되고 있어요.

나는 매일 과자를 구워요."

순간 나는 들고 있던 마지막 과자를 내려놓았습니다.

정신이 아득해졌기 때문입니다.

견딜 수 없이 슬픈 기분이 되고 말았습니다.

당장이라도 눈물이 쏟아질 것 같았습니다.

영문을 몰라 괴로웠지만, 곧 이유를 알 수 있었습니다.

내가 먹은 과자는 말 그대로 아가씨의 마음이었습니다.

아가씨의 감정을 고스란히 함께 느낀 것이었지요.

다른 이의 마음을 그대로 느껴보는 것은 난생처음이었습니다.

비는 여전히 세차게 내리고 있었습니다.

몇 시나 되었는지 짐작도 할 수 없었죠.

나도 아가씨도 말없이 앉아 있었습니다.

한참을 가만히 있던 아가씨는 스웨터를 아무렇지도 않게 걷어 올려

그사이 또 구워진 마음을 뚝, 잘라내어

쟁반 위에 올렸습니다.

아까 내가 먹은 것과 꼭 같은 과자였습니다.

아주 잠시였지만, 아가씨의 얼굴에

안도의 기색이 스쳤습니다.

나는 간신히 참고 있던 눈물을 한없이 쏟았습니다.

내가 아가씨의 감정을 느껴 꺼이꺼이 소리까지 내며 우는 동안에도,

아가씨의 마음은

다시 고소한 냄새를 풍기며 새롭게 구워지고 있었습니다.

• 풍선 •

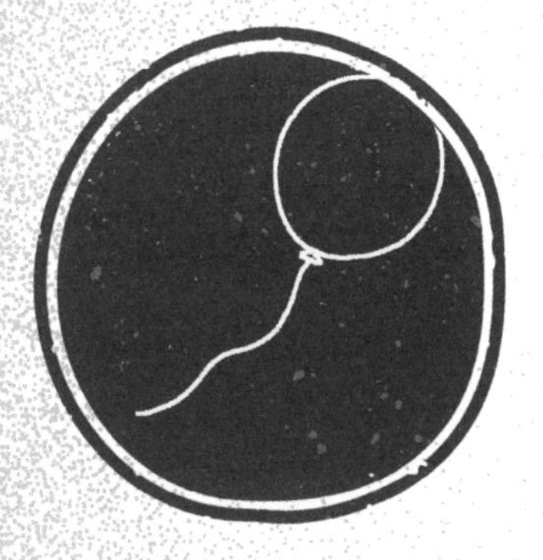

◈◈◈

누군가 내 손목을 잡아당기고 있는 꿈을 꾸다가

잠에서 깬 나는 어리둥절했습니다.

손목에 커다란 풍선이 매달려 있었으니까요.

어젯밤 일을 떠올려보았지만 내 손으로 풍선을 매단 적은 없었습니다.

떠오르는 것이라곤 작은 술집에서 그녀에게 이별을 고했다는 것, 그녀가 끝도 없이 눈물을 흘려 난처했다는 것이었습니다.

"그래, 알았어. 왜 헤어지자는 건진 묻지 않을게."

그녀는 이렇게 말하고도, 내게서 그 이유를 100만 가지쯤 듣기 전엔 결코 그치지 않을 기세로 눈물을 흘렸습니다.

우는 그녀를 택시에 태워 보내고 혼자 집으로 돌아와 침대에 누웠을 뿐인데

일어나니 웬 풍선이 손목에 매달려 있는 것이었습니다.

황당한 일이었지만 일단 풍선부터 떼기로 했습니다.

그러나 풍선은 너무나 단단히 묶여 있었습니다.

도무지 풀 수가 없었죠.

가위라도 가져오려고 침대에서 일어나다가 나도 모르게 소리를 내질렀습니다.

"악!"

방바닥에서 몇 센티미터,

그렇습니다, 아주 낮은 높이지만

나는 분명히 떠 있었습니다.

한 발을 내디뎌보았습니다.

나는 여전히 허공에 떠 있는 채로 걷고 있었습니다.

그렇게 붕 뜬 채로 간신히 부엌에 가서 가위를 찾아
풍선을 매단 줄을 자르려 했지만, 좀처럼 잘리지 않았습니다.

'터뜨리는 방법이 있었지!'

풍선은 가위로도, 송곳으로도, 식칼로도 터지지 않았습니다.
어처구니없는 일이었습니다.
여전히 꿈을 꾸고 있는 건 아닐까 싶어 창문을 열었습니다.
찬 바람이 안으로 들어와 정신이 번쩍 들었지만
꿈이 아니란 사실을 더욱 확실히 깨달을 뿐이었습니다.
바람에 밀려 풍선이 훅— 날자
나도 속수무책으로 함께 방 안을 날았으니까요.

출근 시각이 다가오고 있었지만 이런 상태로는 밖에 나갈 수 없었습니다.
나는 황급히 그녀에게 전화를 걸었습니다.

"여보세요."

"나야. 내 손목에 풍선이 달려 있는데 풀리지도, 터지지도 않아. 게다가 이것 때문에 둥둥 떠 있다고."

"그래."

"그래?"

태연한 그녀의 말투에 버럭 화가 났습니다.

그녀가 저지른 일이 분명했습니다.

"네가 달아놓은 거지? 밤에 몰래 들어온 거야? 현관 비밀번호는 어떻게 알아낸 거야? 이거 어떻게 떼야 하는 건데? 이것 때문에 출근도 못 하고 있어!"

"떼지 마."

"장난해? 빨리 말해."

"떼지 마. 뗄 수도 없어. 넌 이제 풍선을 타고 다니게 될 거야."

"뭐?"

"나는 네가 풍선을 타고 다니면 좋겠어. 그러면 네가 날 떠나는 걸 담담히 받아들일 수 있을 테니까."

"……헤어지자고 한 건 미안해. 미안하다고 했잖아."

"이제 괜찮아. 네가 풍선을 타고 다니면, 난 네가 풍선 때문에 날아간 거라고 생각할 수 있으니까."

그녀는 웃으며 노래하기 시작했습니다.
나는 망연자실한 표정으로 수화기를 든 채
그녀의 노래를 들어야 했습니다.

나는 네가 풍선을 타고 다니면 좋겠어
도시가 바둑판으로 보이는 뻔한 비행이 아니어도 상관없지
나는 네가 그저 바닥에서 5센티 아니 1센티라도 떠 있으면
발을 내딛지 않고 풍선을 타고 다니는 거라면 좋겠어
네가 사라져도 나는 너를 탓하지 않을 수 있겠지
나는 걱정스러운 듯 물어오는 이들에게
너는 날아간 거라고 태연스레 말할 수 있겠지

• 아버지 •

◈◈◈

아버지는 풍선을 타고 다니는 남자였다고 합니다.

아버지가 풍선을 타고 어머니에게 날아왔을 때 어머니는 무척 놀란 한편

원피스 허리춤에 달려 있던 장식용 끈을 풀어 아버지를 나무에 묶었습니다.

그날은 더할 나위 없이 이상한 날이었다고 합니다.

그도 그럴 것이 산책길에 혼자 앉아 있던 어머니에게

처음 보는 아이가 다가와 어머니의 기억들을 먹고 사라지더니

얼마 지나지 않아 풍선을 타고 다니는 남자가 나타났으니 말입니다.

어머니는 그때까지도 자기가 몹시 긴 꿈을 꾸는 것은 아닌지 의심했다고 합니다.

아버지는 나무에 묶인 채 한숨을 돌리고는 어머니에게 감사 인사를 했습니다.

언젠가부터 풍선에 매인 몸이 되어 풍선이 날아가는 대로 여기저기 떠돌다가

모처럼 쉴 수 있게 되었기 때문입니다.

그날 어머니는 당신의 손목과 아버지의 손목을 묶고 집으로 돌아왔습니다.

서로 사랑하게 되었고, 함께 살기 시작했습니다.

아버지는 창틈으로 들어오는 작은 바람에도 날아가기 쉬웠기에

어머니는 아버지가 날아가지 않도록 항상 주의하고 신경 써야 했습니다.

아버지는 식탁에 매여 식사했습니다.

침대에 매여 잠을 잤습니다.

어머니의 다리에 매여, 태어나는 저를 받았습니다.

어딘가로 외출할 때면 어머니의 손목에 매여 걸었습니다.

풍선을 타고 다니는 아버지를 모두 이상하게 바라보았지만 두 분은 행복했습니다.

그러나 이내 어려움이 찾아왔습니다.

일하러 다닐 수 없는 아버지 대신 어머니가 일하러 다니기 시작하자

아버지에겐 꼼짝없이 집 안에만 갇혀 있어야 하는 시간이 생겨버렸으니까요.

처음엔 책을 보거나 음악을 듣고, 재택으로 할 수 있는 일을 찾아 하며 어머니를 기꺼이 기다리던 아버지는

언젠가부터 그 시간을 견딜 수 없게 되었습니다.

그날도 어머니는 아버지를 거실 탁자에 묶어두고 출근했습니다.

퇴근해서 문을 열고 들어오니 울고 있는 아버지가 보였습니다.

"다시 날아다니는 편이 낫겠어."

"당신은 날아다니는 상황에 너무 지쳤었잖아."

"그래. 하지만 이렇게, 당신이 오기만 기다려야 하는 게 더 힘들어."

"그렇다면 어디든 함께 다니자. 같이할 수 있는 일을 찾자. 둘이 나란히 서서 작업할 수 있는 일도 있을 거야. 그래, 언제나 함께 다니는 거야."

"여보…… 그건 풍선을 타고 다니는 것보다 더 있을 수 없는 일이란 걸 알잖아."

어머니는 우는 아버지를 붙들고 함께 울었습니다.

그날 밤, 어머니는 현관문을 활짝 열어놓은 다음
아버지를 침대에 묶어둔 끈을 조용히 풀었습니다.
아버지는 잠든 채로 어디론가 날아갔답니다.

아버지의 모습이 기억나지 않기에
어릴 적부터 듣고 또 들어온 이 이야기가 진짜인지 나는 모릅니다.
다만 어머니가 돌아가신 후에 발견한

화장대 서랍 안쪽에 곱게 개켜져 있던 낡고 긴 끈이
아버지를 묶었던 바로 그 끈이 아닐까 상상해볼 따름입니다.

아버지가 정말 풍선을 타고 다녔다면 말입니다.

• 청첩장 •

◈◈◈

아까부터 청첩장 하나를 앞에 두고 생각에 빠져 있습니다.

직장으로 배달된, 특별할 것 없는 청첩장입니다.

신랑 신부의 사진, 예식장 약도, 축복을 바라는 글귀까지

뭐 하나 튀는 점 없이 평범하기만 합니다.

그러나 나는 모두 잠든 이 시각까지 고민하고 있습니다.

예비부부의 이름들이 낯설기 때문입니다.

나는 일전에 기억을 먹어준다는 아이를 만났습니다.

술에 취해 골목을 헤매다가 그 아이와 마주쳤고

원치 않는 기억들은 모두 그 아이가 먹어주었습니다.

동이 터서 그 골목을 뜰 당시엔

세상에서 가장 홀가분한 사람이 되어 있었습니다.

기적이었다— 라고밖에 표현할 수 없는 일이었습니다.
태어나서 받아본 선물 중 가장 큰 선물이었습니다.

그런데 아뿔싸,
나는 그만 가장 중요한 기억을 먹어달라 하지 않았던 것입니다.
그 아이가 내 기억을 먹어주었다는 기억까지
먹어달라 부탁했어야 했는데.

나는 그 아이가 어떤 기억들을 먹어주었는지 알 수 없습니다.
떠올리기엔 괴로웠던 기억들
깡그리 버리고 싶던 기억들
그런 일을 겪은 적이 있다는 사실조차 지우고 싶던 기억들
그러니까 인생에서 없어도 될 최악의 기억들이었다고 짐작할 뿐입니다.

아까부터 이 청첩장에 적힌 이름들을 기억해내려고 애쓰고 있습니다.

그동안 함께 일했던 사람들, 거래처 직원들, 학교 동창들, 멀고 먼 친척들까지

인생을 처음부터 끝까지 샅샅이 되짚어보아도 이 이름들은 없습니다.

이렇게까지 애를 써도 떠오르지 않는다면

그 아이가 먹어준 이름들일 테지요.

대체 어떤 일이 있었기에 깡그리 버리고 싶었던 걸까요.

무엇이 그렇게 나를 괴롭혔던 걸까요.

지금 청첩장 안에서 환하게 웃으며 새로운 출발을 축복해주길 바라는 이 사람들이

나에게 어떤 기억을 만들어주었던 걸까요.

나는 이제부터 기억나지 않는 모든 것들을

이렇게 의심하며 살게 되는 걸까요?

• 단풍잎 하나 •

저 위에 사는 은행나무와 이야기를 나눴다고 들었어요. 나는 그 나무에 비하면 매우 짧은 삶을 살았기에 딱히 해줄 수 있는 말이 없어요.

보다시피 단풍나무치고 아직 어린 편이라 덩치도 작죠. 다른 나무들처럼 무리 지어 사는 것도 아니고 어쩌다 이 골목에 혼자 살게 되어서, 바람을 타고 날아오는 다른 나무들의 소식을 전해 듣는 게 낙이에요. 그래서 당신에 대한 이야기도 진작 들었지만 말했다시피 내가 무슨 이야기를 더 해줄 수 있을지 모르겠어요. 당신과 대화한 그 은행나무는 아주 훌륭한 나무이니 대단한 이야기를 들려주었겠죠. 그에 비하면 나는 별로 아는 것도 없어요. 그래도 나무들 가운데 드물게 수다스러운 내가 쏟아내는 말 중에 건질 만한 내용이 있을지도 모르겠네요. 마침 오늘은 바람도 계속 시원하게 불고요. 이 바람을 타고 내 이야기도 잘 전달될 테죠.

하여간 어쩌다가 나를 찾아왔는지, 내가 여기에 있다는 사실을 눈치채지도 못하는 인간들이 대부분인데 말이죠. 나를 제대로 인식하는 건 이 앞에 있는 저 철물점 여자뿐인 줄 알았거든요. 인간 중에서는 제법 오래 산 것 같아요. 머리가 하얗고 허리가 굽었죠. 저이도 나처럼 혼자인 존재죠. 가게에 가끔 다른 사람들이 드나들지만 흔한 일은 아니에요. 저이는 대부분 혼자 지내죠. 매일 아침 철물점 문을 열고 종일 가게 구석 쪽방에 앉아 있다가, 매일 저녁 철물점 문을 잠그고 쪽방에서 잠을 청해요. 가끔 가게 문을 닫고 어딘가를 다녀올 때도 있지만 그것도 흔한 일은 아니고요. 나야 나무라서 이 자리에서 계속 살아가지만 인간들은 대부분 그렇지 않잖아요. 당신들은 언제나 어딘가를 분주하게 오가죠. 사는 데 필요한 양분을 제자리에서 얻지 못하다니 딱한 일이에요. 그래도 저이는 비교적 나무와 가까운 모양이에요. 저렇게 늘 같은 자리에 있는 걸 보면 말이죠.

여하간 나는 살아가는 것 말고 딱히 다른 일은 하지 않다가, 언젠가부터 졸지에 임무를 하나 맡게 되었어요. 저이에게 계절을 알려주는 임무죠. 어느 날 저이가 가게를 찾아온 사람에게 하는 말을 들었거든요. 늘 가게에만 있으니까 나를 보고서야 계절을 알 수 있다나. 내 가지에 잎이 돋으면 봄이고, 잎이 무성해지면 여름이고, 잎이 빨갛게 물들면 가을이고, 잎이 다 떨어지고 가지만 남으면 겨울인 거죠. 그렇게 내가 살아가는 모습을 볼 때야 계절을 알 수 있다고 하더라고요. 그걸 알게 되니 어쩐지 전에 없던 의무감이 생기는 거예요. 마침 이 자리에 내가 서 있지 않았다면 저이는 계절이 어떻게 지나는지 몰랐을 수도 있잖아요. 그러니 내 상태가 변화할 때마다 '지금도 나를 보며 여름이 시작된 걸 눈치채고 있을까?' '가을이 끝나간다는 걸 알아차렸을까?' 따위의 생각을 하게 되더라고요. 이건 뭐 임무가 막중해도 너무 막중하지 뭐예요. 이런 삶을 살게 되길 바란 건 아니었는데 말이죠. 난 애초에 임무라는 걸 원한 적이 없어요. 그런 게 필요한 이유가 없잖아요. 생물은 그저 살아가면 되는 거라고요.

심지어 요즘은 가을에 내 잎이 얼마나 붉고 예쁘게 물드는지까지 신경 쓰게 되었어요. 이거야말로 난처한 일이에요. 전에는 그런 일 따위 신경 쓰지 않았다고요. 왜긴 왜겠어요, 역시나 저 이 때문이죠. 언젠가 길에 떨어진 내 이파리 하나를 집어 들더라고요. 유난히 붉게 물든 잎이었는데, 그걸 물끄러미 보면서 중얼거렸어요. "단풍잎이 꼭 별처럼 생겼네. 빨간 별이네." 그러더니 그걸 가져가지 뭐예요. 무척 마음에 든 듯했어요.

그래서 알게 됐죠. 인간은 마음에 드는 걸 갖고 싶어 한다는 걸 말이에요. 불편하지 않아요? 너무 불편할 것 같은데. 뭐가 마음에 들면 그냥 마음에 들어 하면 되는데 굳이 갖고 싶기까지 한다는 건. 그래서야 마음 편한 날이 얼마나 될지 모르겠어요. 이 세상을 봐요. 살면서 마음에 드는 게 얼마나 많이 생기겠어요. 그냥 마음에 들어 하면 흡족하겠죠. 하지만 갖고 싶어진다면, 반드시 갖지 못하는 일도 생길 거 아니에요. 그러면 힘들어지겠죠. 짐작하기가 어려워요. 나로서는 그런 것까지 짐작하는 게 여간 어려운 일이 아니에요. 살아가는 데 힘쓰는 것 외에 이런저런 임무를 맡게 된 것만으로도 이미 부담이라고요. 내 한

계는 여기까지예요. 뭘 더 짐작하고 하는 건 무리야.

그래도 대체 왜 그러고들 사는 건지 궁금하긴 하죠. 뭔가를 궁금해한다는 것도 괜한 일이라서 궁금해하지 않으려 하지만 궁금해요. 하긴 뭐 알아서들 살고 있겠지만요. 견딜 만하니까 그러고들 있겠죠.

마음에 드는 걸 갖고 싶어 하는 게 견딜 수 없는 고통을 주는 일이라면, 계속 그렇게들 살고 있을 리가 없잖아요?

춤

◈◈◈

언제나 춤을 추며 다니는 할머니가 있었습니다.

할머니가 추는 춤은 멋지고 근사한 춤은 아니었습니다.

고개를 까딱이고 어깨를 으쓱대며 엉덩이를 실룩거리고 팔다리를 되는대로 흔드는, 그야말로 제멋대로 추는 춤이었죠.

할머니는 아침에 일어나서 이불을 정리하면서도
화장실에 가면서도
식사 준비를 하고 밥을 먹으면서도
청소와 빨래를 하면서도
시장에 오가는 길에도 춤을 추었기에
사람들은 '뭔지는 몰라도 굉장히 좋은 일이 있나 보다!' 생각하곤 했습니다.

그러나 할머니가 춤을 추는 이유는 대부분 대수롭지 않았습니다.

오늘 아침에 춤을 춘 이유를 말하자면, 아침 식사를 하고 나서 바로 이를 닦았기 때문이었죠. 매번 빠트리지 않고 이를 닦아서 치아 건강을 지키고 있다는 사실을 춤으로 자축한 것입니다.

다른 이유들도 별반 다르지 않았습니다.

대체 왜 그렇게 사소한 일에 춤까지 추느냐고 누가 물으면 할머니는 대답했습니다.

"춤은 출 수 있을 때 춰야 해!

고민이나 걱정거리가 없을 때는 없어.

모든 일이 다 잘 풀린 후에 춤을 추려면 춤출 수 있는 날이 별로 없단 소리지.

게다가 사람 사는 게 앞날을 알 수 없으니, 나쁜 일은 언제 닥칠지 모른다고.

그때 가서는 춤출 힘이 안 생길 거야.

그러니까 무슨 뜻이냐면, 춤출 여유가 있을 때 미리미리 춰두자는 거야.

실컷 잘 살아놓고 나중에 '춤 한번 신나게 못 추면서 살았네' 하면서 억울해하는 사람이 되지는 말아야 하니까."

그렇게 말하고는 상대방이 어이없어서 웃는 모습을 보며

또다시 몸을 이리저리 둥실거리는 것이었습니다.

• 석공 •

◈◈◈

소문난 석공이 있었습니다.

그에게는 어린 딸이 하나 있었습니다.

아내가 딸을 낳고 얼마 지나지 않아 세상을 떠난 이후로

그는 혼자 딸을 키우며 살았습니다.

먼 곳에서 일하러 오라는 제안이 와도 거절하고

자신의 집 마당에서 할 수 있는 작업만 하며 지냈습니다.

딸이 열 살이 되고 혼자 밥을 할 수 있게 되자

그는 다시 전국의 절들과 유지들을 상대로 석상을 만들러 다니기 시작했습니다.

딸은 집에서 혼자 있는 시간이 대부분이어서

마당에 뒹구는 작은 돌들을 조각하며 지냈습니다.

오랜 시간 집을 비웠다가 돌아온 아버지는
딸이 만들어놓은 석상들을 보고 깜짝 놀랐습니다.
자신과 함께 석상을 만들러 다니기에 충분한 실력이었기 때문입니다.
그러나 그는 일터에 딸을 데리고 다니고 싶지 않았습니다.
딸이 석공을 업으로 삼는 것도 바라지 않았습니다.
남자들이 가득한 곳에서 일하고 먹고 자면서
혹시라도 험한 일을 겪을까 봐 두려웠던 것입니다.
딸은 계속 혼자 집에서 시간을 보냈습니다.

그러나 딸의 실력이 뛰어나다는 소문은 막을 수 없었습니다.
마당 한쪽에 그녀가 만든 석상들이 늘어갈 때마다 소문이 퍼졌습니다.
그녀가 열여섯 살이 되었을 무렵
석상 제작엔 이미 그녀를 따라갈 자가 없었습니다.

부처를 만들어놓으면 사람들은 눈물을 흘리며 자비를 빌었습니다.

호랑이를 만들어놓으면 지나가던 동물들이 깜짝 놀라 달아났습니다.

작은 동물이라도 조각해놓으면 하늘을 돌던 매가 잽싸게 채어 가 남아나는 것이 없을 지경이었죠.

어떤 돌이든 그녀의 손이 닿으면 진짜보다 더 진짜 같은 조각상이 되었습니다.

그러나 그녀에게 들어오는 제안을 아버지가 모두 뿌리친 바람에

그녀는 집 마당에서만 작업할 수 있었습니다.

아버지가 세상을 뜬 후에야

그녀는 비로소 스스로에게 '석공'이란 이름을 붙일 수 있었습니다.

석공으로 활동하는 것은 아버지가 걱정한 것만큼 힘들지 않았습니다.

그녀는 튼튼하고 힘세고 담대한 여성이었기에

누군가 자신을 쉽게 보고 함부로 대하는 것을 허용하지 않았습니다.

그녀는 행복한 석공이었습니다.

어느 겨울 밤, 석공이 막 잠들려는 참에 누군가 그녀의 집 문을 두드렸습니다.

문을 열자 웬 청년 둘이 서 있었습니다.

생전 처음 보는 겁에 질린 표정이었습니다.

짐작할 수도 없는 공포에 휩싸인 것이 분명했습니다.

"하룻밤만 숨겨주십시오. 제발, 부탁입니다."

석공은 그들의 정체도 모르면서 불쌍하다는 생각에 그들을 숨겨주기로 했습니다.

그녀는 청년들을 창고 구석으로 데려가서

돌을 담는 자루 안에 들어가라 했습니다.

청년들이 자루 안에 들어가 쪼그려 앉은 모습은

언뜻 보면 바닥에 놓인 큰 돌처럼 보였습니다.

잠시 후에 온 마을이 시끄러워졌습니다.

말을 탄 병사들이 들이닥친 것입니다.

그들은 모든 집을 수색하러 다니다가 마침내 석공의 집에 이르렀습니다.

석공은 방금 잠에서 깬 척을 하며 문을 열어주었습니다.

우두머리로 보이는 자가 마당 한쪽의 창고를 발견하고 문을 열라고 지시했습니다.

그는 병사들을 몰고 온 장군이었습니다.

"저기는 돌을 저장하는 창고입니다. 돌밖에 없습니다."

그러나 장군은 기어이 문을 열었습니다.

창고 한쪽의 자루 둘이 떨리는 것을 그녀만 볼 수 있었습니다.

그녀는 들킬까 조마조마한 마음을 감추고 말했습니다.

"저는 석공입니다. 여기엔 돌밖에 없습니다."

장군은 창고를 한번 둘러보고 창고 밖 마당에 놓인 석상들을 힐끔 보더니 석공의 얼굴 쪽으로 횃불을 돌렸습니다.

석공의 얼굴에 난 베개 자국을 보니 조금 전까지 자다 일어난 것이 틀림없어 보였습니다.

사실 석공은 청년들을 자루에 숨기고는 바로 방으로 돌아와, 한쪽 뺨에 베개를 대고 일부러 누워 있었던 것이지만요.

장군은 병사들을 데리고 다른 집으로 향했습니다.

석공은 창고 바닥에 주저앉아 한참 일어나지 못했습니다.

석공도, 청년들도 말없이 밤을 보냈습니다.

마을에서 병사들이 떠나고도 그곳에서 한나절을 더 보낸 청년들은

다시 날이 저물고야 황급히 집을 떠났습니다.

청년들은 자신들의 상황에 대해 아무 말도 하지 않았고

석공도 아무것도 묻지 않았습니다.

그저 약간의 먹을거리를 챙겨주었을 뿐입니다.

석공은 그날 이후부터 제대로 잠을 잘 수 없었습니다.

청년들 중 한 명에게 마음을 빼앗긴 것입니다.

눈을 감아도 청년의 모습만 떠올라서 잠들 수 없었습니다.

겨우 잠든 후에도 밤새 청년이 나오는 꿈만 꾸다가 깨었습니다.

이름조차 묻지 못한 것이 후회스러웠으나 이제 와서 아무 방도가 없었습니다.

청년을 다시 볼 수 없을 거라는 생각에 밥도 삼킬 수 없었습니다.

석공은 점점 말라갔습니다.

석공은 청년의 모습을 조각하기로 마음먹었습니다.

그리고 그날 밤의 기억을 되살려 돌을 조각해나갔습니다.

이윽고 석상이 완성되었습니다.

누가 보아도 청년과 꼭 닮은 그 석상은

금방이라도 말을 하고 움직일 것만 같았습니다.

그러나 석공의 마음에는 들지 않았습니다.

누구보다 행복해 보이는 모습을 조각하고 싶었는데

어쩐지 그날 밤에 본 겁에 질린 표정이 서려 있었습니다.

석공은 석상을 다시 만들었습니다.

다시 만들고, 다시 만들고, 다시 또 만들었습니다.

석공의 눈에는 어떤 것도 마음에 들지 않았습니다.

석상들은 모두 웃고 있었지만

그녀의 눈에는 겁에 질린 표정이 희미하게나마 남아 있었습니다.

석상이 늘어갈수록 겁에 질린 청년의 모습도 늘어가는 기분이 들어 괴로웠습니다.

아무리 다시 만들어도 행복한 얼굴이 아니었습니다.

세상 모든 것을 진짜보다 더 진짜처럼 완벽하게 만들어내는 자신이

온전히 행복한 모습의 청년만은 만들 수 없다니 용납할 수 없었습니다.

어느새 석공 집 마당은 청년 석상들로 가득 찼습니다.

고을에는 그녀가 미쳤다는 소문이 돌았습니다.

새 일을 주려 해도 거부하는 바람에

오로지 청년 석상만 만드는 석공이 되고 말았습니다.

그러나 세월이 흐르면서 석공의 마음도 제자리를 찾았습니다.

석공은 청년이 아닌 다른 것을 조각하기 시작했습니다.

마침내 조각상을 완성한 날,

석공은 그것을 끌어안고 펑펑 울었습니다.

그동안 수없이 만든 청년 석상들은 차마 자기 손으로 부술 수 없어서

집 옆에 터를 만들어 그곳에 따로 보관해두었습니다.

지붕을 세워, 비도 눈도 맞지 않게 했습니다.

석공은 이제는 그것들을 보아도 예전만큼 마음 아프진 않았습니다.

청년의 겁에 질린 마음은 그 석상들로 전부 옮겨졌다고 믿기로 했습니다.

어딘가에서 살고 있을 청년이 행복하기만을 바랐습니다.

석공이 작업을 다시 시작했다는 소문이 널리 퍼지면서

사람들은 석공에게 일을 맡기기 시작했습니다.

석공은 다시 행복한 석공이 되었습니다.

어느 해 봄, 고을에 새 사또가 부임했습니다.

그는 원래 높은 관직에 있었으나 잘못한 것이 있어 이곳 시골 고을로 좌천된 것이었습니다.

그래서 이 고을에서 지내게 된 것이 몹시 못마땅했습니다.

어느 날 사또는 석공의 집 앞을 지나다가

한쪽에 세워진 수많은 석상들을 보고 깜짝 놀랐습니다.

아무리 보아도 몇 해 전 겨울 궁궐에서 몰래 달아난 왕자의 모습이었기 때문입니다.

왕자는 세력 싸움에 밀려 억울한 누명을 쓰고 처형될 처지였는데

충성스러운 신하의 도움을 얻어 함께 달아났던 것입니다.

병사들이 온 나라를 수색했으나 결국 찾지 못한 채 몇 년이 흐른 상태였습니다.

사또는 예전에 왕자의 얼굴을 가까이에서 본 적 있었기에

석상을 본 순간 한눈에 알아볼 수 있었습니다.

사또는 바로 석공을 잡아들여 고문했습니다.

"보지도 않고 꼭 닮은 조각상을 만들었을 리는 없고.

왕자를 언제, 어디서 보았느냐?"

석공은 자신이 본 청년들의 정체를 알고 깜짝 놀랐습니다.

신하와 함께 도망친 왕자의 소문을 석공도 들은 적이 있었지만

자기가 흠모하게 된 청년이라고는 상상조차 하지 못했던 것입니다.

석공은 입을 꾹 다물었습니다.

어차피 그녀가 아는 사실은 대단찮은 정보였으나

청년들을 숨겨주었던 사실도,

그들이 어느 방향으로 달아났는지도 말하고 싶지 않았습니다.

사또는 석공을 더욱 심하게 고문했습니다.

왕자의 행방을 찾으면 예전의 자리를 되찾을 수 있을 거라 믿었기 때문입니다.

그러나 아무리 매질을 해도 석공은 입을 열지 않았습니다.

결국 석공은 고문을 당하다 숨을 거두고 말았습니다.

사또는 다 잡은 물고기를 놓쳤다고 분해하며

석공이 남긴 왕자의 석상들을 걷어차다가 발목이 부러졌습니다.

그리고 그 부상이 낫지 않는 바람에 어처구니없이 세상을 떴습니다.

하늘에선 석공의 솜씨를 높이 샀습니다.

그녀가 어떤 것이든 마음대로 조각할 수 있도록 작업장을 마련해주었습니다.

그러나 돌만큼은 내어줄 수 없었습니다.

하늘에서 돌 조각이 떨어지면 지상에 큰일이 나기 때문입니다.

그 대신 단단하게 언 커다란 얼음과 도구를 내어주었습니다.

지금도 석공은 얼음을 정으로 쪼아가며

열심히 조각을 하고 있습니다.

무엇을 만들고 있는지까지는 알 수 없지만

그중엔 왕자의 모습도 있지 않을까 짐작해봅니다.

어쩌면 왕자와 석공 둘이 하늘에서 만나

드디어 행복한 왕자의 모습을 만드는 데 성공했을 수도 있겠죠.

석공이 조각상을 만들 때 날리는 얼음 부스러기들이
땅 위로 떨어질 때가 가끔 있습니다.
그것은 마치 눈처럼 보인답니다.
그러니 눈이 오는데 그날따라 세상이 유난히 반짝거린다면
지금 하늘에서 석공이 무언가를 만들고 있구나, 생각하면 됩니다.

• 집착의 왕 •

먼 나라에 왕이 있었어. 어느 날 왕은 최면술사를 궁으로 불렀어. 왕의 부름을 받은 최면술사는 어떤 명을 받게 될까 무척 두려웠어. 그녀는 뛰어난 최면술사였지만 점성술사처럼 미래를 맞힐 수는 없었고, 혹시라도 왕이 자신이 실행할 수 없는 명을 내릴까 봐 걱정이었지. 그래서 잔뜩 긴장하고 궁으로 들어섰단다.

신하들의 안내를 받으며 왕 앞으로 간 최면술사는 깜짝 놀랐어. 그동안 초상화로 보아온 왕의 모습과, 눈앞에 앉아 있는 왕의 모습이 너무나 달랐거든. 궁 밖에서 마주쳤다면 아무리 화려한 의복 차림이라도 왕이라 생각하지 못했을 거야. 왕은 몹시 수척한 상태였어. 두 눈이 퀭하니 들어갔고 양 볼은 깊게 패

여 쪼글거렸지. 낯빛도 얼마나 좋지 않은지, 방금 끓는 쇳물을 뒤집어썼다 해도 믿을 지경이었어. 흰머리가 많은 데다 머리숱 역시 눈에 띄게 줄어서 완전히 다른 사람처럼 보였어. 최면술사는 당황한 나머지 왕을 똑바로 바라보지 못했어. 무슨 중병에라도 걸렸나 보다 짐작만 할 뿐이었지. 이윽고 왕이 입을 열었어.

"선생을 부른 이유는……"

소리 내어 말을 한 지도 오래된 듯, 쥐어짜는 목소리였지.

"사는 게 너무 힘들기 때문이오."

최면술사는 자기도 모르게 의아한 표정을 지으며 고개를 번쩍 들었어.

"네?"

왕이 두 손으로 머리를 쥐어뜯으며 말했어.

"내가 말이오, 사는 게 너무 힘들다오. 생각해야 할 것이 너무 많아. 종일 너무 많은 생각이 들어서 잠시도 편안한 마음일 수 없소. 왕이 되기 전에는 이런 사람이 아니었는데, 언젠가부터 이렇게 되었단 말이오. 지금은 세상의 모든 것에 대해 생각해야 해. 국정만을 말하는 게 아니오. 국정에 관해서라면 얼마든지 남은 삶 전부를 생각하는 데 바칠 수 있소. 하지만 나는 그야말로 모든 것에 대해 생각하고 있단 말이지. 아주 사소하고 작은 일 하나에 대해서까지 생각하지 않을 수가 없소. 그리고 그에 대한 결론이 내려지지 않으면 너무나 괴롭소. 그래, 내가 무슨 말을 하고 있는 건지 선생은 이해가 되시오?"

최면술사는 선뜻 대답할 수 없었어. 그러자 왕은 자신이 요즘 생각하고 있는 것들의 항목을 늘어놓기 시작했지. 그 항목들을 들으며 최면술사는 몇 번이고 속으로 혀를 찼어. 왕은 그야말로 어처구니없을 정도로 사소한 것들까지 생각하며 살고 있었거든. 그러니 신경쇠약이 올 수밖에 없었을 테고, 저렇게 빨리 늙어버린 것도 이해가 된다 싶었지. 왕이 말을 꺼내고 다섯 시간쯤 지났을 때 최면술사의 배에서 꼬르륵 소리가 크게 울렸고, 왕은 그제야 말을 멈추었어.

"이런, 시간이 이렇게 간 줄도 몰랐다오. 이런 식이라니까. 요즘 내가 생각하는 것에 대해서 반의반의 반절도 안 꺼냈는데 벌써 이 시각이라니. 그러니 내가 환장하겠다는 것이오. 대체 왜 이러고 있는지 이유를 알고 싶어서 학자들에게 물어보니 답을 말해주더군. 내가 세상 모든 것에 대해 너무 집착이 심하기 때문이라 하오. 만물의 경중이 모두 같을 순 없으니 어떤 것은 중하게 다루고 어떤 것은 가볍게 다루고, 또 어떤 것은 아예 무시할 줄도 알아야 하는데 나는 그게 안 되는 사람이 되었다는 거지. 작은 사건, 작은 인물, 아주 작고 작은 무엇 하나하나에까지 신경을 곤두세우고 집착하느라 이렇게 되었다고 입을 모으더군. 몇 날 며칠을 고민해봤는데 과연 그 말이 맞는 것 같아. 그래서 선생을 불렀소."

"어…… 어떤 최면을 걸어드리면 됩니까?"

"그동안 내가 중요하게 생각해온 모든 것을 다 우습게 여기도록 도와주시오."

최면술사는 당황했어. 그저 '편안한 마음을 갖고 싶다' 정도의 명을 내릴 줄 알았는데 이상한 부탁을 받은 거지.

"지금 내 문제는 나를 둘러싼 모든 것을 중요하게 여기며 집착하는 것이라고 하지 않았소? 그렇다면 정반대로 그 모든 것을 아예 우습게 여길 수 있다면 어떻게 될까? 자연스럽게 집착도 버릴 수 있지 않겠소? 그러면 이렇게 괴로울 일도 없겠지. 그리 되면 어떻게 나라를 이끌겠나 염려가 되겠지만, 곧 왕자가 왕위를 이어받을 것이고 그 애는 나와 달리 대범하고 똑똑해. 그러니 내 청을 들어주시오. 정말이지 새로운 삶을 살고 싶다오. '적당히'라는 것도 원치 않아. 그냥 날아갈 듯 자유로워지고 싶다고. 완전히 홀가분한 내가 되고 싶다고."

왕은 말을 하면서 울먹이기까지 했어. 최면술사는 큰 갈등에 빠졌어. 그간 수천 번의 최면을 걸어봤지만 이런 최면은 한 번도 해본 적이 없었지. 게다가 최면을 청하는 이들은 대개 좋은 방향의 최면을 원했거든. 나쁜 기억을 없애달라거나, 자신감을 심어달라거나, 술이나 약을 끊을 수 있게 해달라거나 하는 것들 말이야. 그런데 '주위의 모든 것을 우습게 여기도록 해달라'는 청이라니. 그게 어떤 결과를 불러올지 아무도 알 수 없는 노릇인데 하필이면 거절하기도 어려운 왕의 요청이란 말이지. 처음에는 자신의 실력으로 할 수 없는 일이라며 완곡하게 거절하려 했어. 그런데 자기 앞에 앉아서 울먹이는 왕을 보고 있자니 말할 수 없는 동정심이 밀려오는 거야. 사는 게 오죽 괴로우면 한 나라의 왕이 아무것도 아닌 자기 앞에서 저렇게 볼품없는 모습으로 울고 있느냐 말이지. 그런 생각을 하면서 얼떨결에 왕의 청을 수락하고 만 거야. 그 순간 왕이 기뻐서 얼마나 펄쩍 뛰었는지 휘청이다가 의자에서 떨어질 뻔했어. 옆에 있던 시녀들이 간신히 붙잡았지.

바로 다음 날 이른 새벽부터 왕의 집무실에서 최면이 시작됐어. 행여 다른 사람이 왕과 함께 최면에 걸리는 것을 막기 위해 집무실 안에는 왕과 최면술사 둘만 남았지. 작업은 매우 신속하게 진행되었어. 정오가 되기 전에 모든 과정이 끝났고, 최면술사의 지시에 따라서 왕은 감았던 눈을 떴어.

"어떠십니까?"

왕은 집무실 안을 천천히 둘러보았어. 그동안 신경 써온 한쪽

벽의 얼룩이며 탁자 위의 작은 흠집 같은 것을 보아도 아무렇지 않았어. 왕은 또 자신의 상황에 대해 생각해봤어. 일부러 국정 운영 전반과 왕으로서의 책임, 나라의 미래 같은 굵직한 문제들을 떠올려보았어. 역시나 그 모든 게 우습다는 생각이 들었어. 왕은 매우 만족스러웠어. 바라던 대로 모든 게 우습게 느껴지게 되었으니까. 지금까지 그 모든 것에 왜 그리 집착했는지 이해가 가지 않았지. 드디어 자유로운 몸이 된 왕은 감격한 나머지 눈물을 흘리려 했지만 눈물도 나오지 않았어. 그런 일에 감격한다는 것 자체가 우습다는 생각이 바로 들었거든. 그래서 그저 최면술사에게 많은 보석을 챙겨주라는 지시만 내렸지. 최면술사는 잽싸게 신하 뒤를 쫓아가 보석을 받아 갔어. 왕이 이런 일에 보상까지 하는 건 우습다는 생각이라도 하면 큰일이니까.

모든 것이 우습도다.

왕은 무엇을 보든 무엇을 떠올리든 그런 생각을 하게 되었지. 처음에는 바랐던 대로 무척 홀가분했어. 단 1초도 멈출 수 없던 집착이 뚝 끊겼으니까. 그러나 시간이 얼마 지나지도 않아 그리 달갑지 않은 사실을 깨닫고 말았어. 쓸데없는 집착은 싹 사라졌지만, 이제 그는 '우스운 것들에 둘러싸인 사람'이 되어 있었던 거지. 중요하게 여기는 것도 없고 세상 모든 게 우스울 뿐이니 아무 의욕도 나지 않았어. 무슨 일을 해도 성취감을 느낄 수 없었지. 뒤늦게 후회한 왕이 최면술사를 다시 불러들이려 했으나 그녀는 이미 왕에게 받은 보석을 챙겨 먼 나라로 도망간 후였어. 무언가를 우습게 여기도록 최면을 거는 것은 가능하지만, 이미 우습게 여기게 된 것을 다시 중요하게 여기도록 최면을 거는 것은 불가능에 가깝다는 것을 알았기 때문이야. 그건 미래를 점칠 수 없어도 짐작할 수 있는 일이었단다.

• 별을 주우러 간 광대 •

◈◈◈

어린 왕자가 있었습니다.

태어나면서부터 몸이 무척 약한 왕자였습니다.

왕자는 하늘의 별을 무척 좋아했습니다.

해가 지고 별들이 떠오르면 밤하늘을 올려다보며 시간을 다 보냈습니다.

매일 밤에 별을 보는 것이 왕자의 큰 기쁨이었습니다.

왕자는 아예 낮에는 잠만 자고 해질 무렵 일어나게 되었습니다.

왕자가 살 날이 얼마 남지 않았다는 것을 모두 알았기에, 누구도 그런 생활에 대해 말을 보태지 않았습니다.

오히려 왕자가 마음을 맡길 만한 것이 생겼다는 사실을 다행으로 여기는 분위기였습니다.

그러나 왕자는 별을 보는 것에 만족할 수 없었습니다.

'저 반짝이는 별을 하나라도 가질 수 있다면 얼마나 좋을까!'

왕자는 별을 갖고 싶다는 간절함에 급기야 앓아눕고 말았습니다.

궁궐은 난리가 났습니다.

똑똑한 대신들과 학자들이 모여 별을 딸 수 있는 방법을 궁리하기 시작했지만 뾰족한 수가 나오지 않았습니다.

임금님은 별을 따 오는 사람이 나타나면 큰 상을 내리겠다고 나라 곳곳에 방을 붙였습니다.

하지만 누가 별을 딸 수 있겠어요?

모두 고개를 흔들 뿐

용감하기로 소문난 장군들조차 방도가 없다며 조용히 입을 다물었습니다.

궁에는 오랫동안 왕비를 몰래 흠모해온 광대가 있었습니다.

광대는 왕자 때문에 슬퍼하는 왕비의 모습을 먼발치에서 볼 때마다 마음이 찢어질 듯 아팠습니다.

왕비 앞에서 공연할 기회가 생길 때마다 혼신을 다해 웃기려 했지만

왕비의 얼굴에선 더 이상 웃음기를 찾아볼 수 없었습니다.

왕비의 웃음을 보지 못한 채 공연이 끝나는 날이 늘어갔고

그런 날은 광대도 자기 방에 돌아가 울다 잠들곤 했습니다.

그는 매우 영리한 광대였기에

결국 좋은 수를 떠올렸습니다.

하늘의 별을 따 오는 건 어려운 일이지만

땅에 떨어진 별똥별을 줍는 것은 그보단 쉬울 거란 생각을 해낸 것입니다.

광대는 바로 길을 떠났습니다.

그러나 떨어진 별을 줍는 것은 쉬운 일이 아니었습니다.

밤마다 하늘을 노려보다가 별똥별이 떨어지면 바로 그곳으로 달려갔지만

여러 날 달려서 힘들게 도착한 곳에는 그 어떤 흔적도 남아 있지 않았습니다.

광대가 떨어진 별똥별을 찾으러 다니는 동안 시간은 자꾸자꾸 흘렀습니다.

어느 날 광대는 또 별을 주우러 간 마을에서
왕자가 결국 세상을 뜨고 말았다는 소문을 들었습니다.
왕자의 죽음이 자기 때문인 것만 같았습니다.
광대는 별똥별 찾기를 그만두고 밤낮을 목 놓아 울었습니다.
얼마 지나지 않아
슬픔으로 몸져누웠던 왕비마저 스스로 목숨을 끊었다는 소식이 들렸습니다.
아무것도 먹지 않고 여러 날을 울던 광대 역시 결국 세상을 뜨고 말았습니다.

그 과정을 모두 지켜본 옥황상제는 혀를 차며 말했습니다.

"다들 이렇게 생을 마감하다니 허무하기 짝이 없구나!"

옥황상제는 곰곰이 생각하다가 왕자와 왕비를 박꽃으로 다시 태어나도록 했습니다.

왕자와 왕비는 해마다 초여름이 되면
낮에는 꽃잎을 접고 밤에는 꽃잎을 펴서 밤하늘을 바라보는 박꽃이 되었습니다.

광대는 비록 별을 줍지 못하고 세상을 떴지만
별처럼 반짝이는 반딧불이로 다시 태어나
박꽃으로 피어난 왕자와 왕비 주위를 날아다녔습니다.
왕자는 너무나 갖고 싶던 별이 자기 옆을 맴도는 모습을 그렇게 볼 수 있게 되었습니다.

• 소원 이루어주는 아이 •

요즘엔 이상한 일이 정말 많이 일어나지 않나요? 날이 갈수록 세상이 망할 날이 얼마 남지 않은 것 같아요. 제가 최근에 가장 이상하다고 생각한 건 소원 이뤄주는 아이예요. 뭔지 모르세요? 한동안 떠들썩했는데. 인터넷을 진짜 안 보시는구나.

자, 무슨 얘기냐면요, 어떤 아이가 있어요. 이제 겨우 열 살인데 신내림을 받아서 학교도 안 다니고 점집을 차린 거예요. 근데 왜 유명해졌냐면, 아이랑 마주 앉아서 두 손을 이렇게 잡고 그 아이의 눈을 들여다보면요…… 짠! 소원이 이뤄진다는 거예요.

아이 앞에서 소원을 말하면 이루어진단 게 아니에요. 아니고요, 걔 앞에선 말은 소용없었어요. 부자가 되고 싶다고 말해도 부자가 되는 게 아니란 말이죠.

이뤄지는 것은 그러니까, 자기가 진짜 바라는 거, 진짜 진짜 바라는 거예요. 살면서 그 누구에게도 말한 적 없이 비밀스럽게, 간절히 바라던 거요. 아이의 손을 잡고 눈을 바라보고 있으면 그 아이가 그걸 읽어낸다는 거죠.

너는 어쩌고저쩌고가 이러저러하게 되기를 바라고 있구나.

하고 짚어낸다는 거예요. 딱 짚어낸다고요. 그리고 그게 결국 이루어진단 말이죠. 그러니 입 밖으로 소리 내서 소원이 뭔지 떠들 필요도 없고, 옆에서 누가 듣는다고 마음에도 없는 세계 평화니 가난 구제니 하는 그럴듯한 소리를 입에 올릴 필요도 없는 거죠. 심지어 아이가 하는 말을 듣고 나서야, 자기가 정말 바라는 게 뭔지 알게 된 사람들도 많았대요. 자기가 뭘 바라는지도 모르면 어떡하나 싶죠? 그런데 저도 가만 생각해보니 제가 진짜 원하는 게 뭔지 모르겠더라고요. 모르고 사는 거야. 나만 그래요? 많이들 그러지 않을까? 하여간 신들리지 않고서는 도저히 알 수 없는 개인적인 부분까지 딱딱 짚으며, '이러저러한 걸 바라는구나' 했대요. 듣는 사람으로선 소름이 끼치죠. 그래서 소문이 쫙 퍼진 거예요.

소원을 읽어내는 건 그렇다 치고, 그게 정말 100프로 이뤄졌는지는 사실 알 수 없죠. 이뤄진다고 소문이 자자했으니 그러려니 하는 거예요. 근데 그게 사실이 아니라면 그렇게 많은 사람들이 몰려들었을까요? 아마 높은 확률로 이뤄지긴 했을 거예요. 아니면 절반은 이뤄졌거나요. 아니면 반의반? 하여간 어쩌다라도 이뤄지긴 했겠죠. 어찌 됐든 아예 안 이뤄지는 것보단 낫잖아요. 게다가 자기가 진짜 원하는 게 뭔지 알게 되는 것만으로 실은 남는 장사죠. 남는 장사예요. 그것만으로도 대박이죠. 그러니까 아이가 사는 동네의 경계를 따라서 사람들이 몇 바퀴고 줄을 선 거고요. 그 길이가 만리장성이 우스울 정도로 인간 장벽이 따로 없었죠. 위성사진에도 그 줄이 찍혔더라고요. 아이 부모의 소원은 그 아이의 재주로 떼돈을 버는 것이었던 모양인데 그대로 되었죠. 아이는 이른 새벽부터 늦은 밤까지 제대로 쉬지도 못하고 일해야 했지만요.

이제는 못 가요. 갈 수가 없어. 걔가 살해당했어요. 누가 아이를 죽였다고요. 그러니까 말이에요. 누가 그랬을까? 대체 왜? 범인이 누구일지 온갖 추측이 돌았죠. 가장 먼저 나온 얘기는 이미 소원을 이룬 이들 중 누군가가 그랬을 거다, 다른 사람들 소원도 이뤄지는 걸 원치 않아서 죽였을 거다, 였죠. 그러니까 사다리 걷어차기죠. 사다리를 뻥! 그럴듯하죠. 그걸 다들 사실로 받아들이는 분위기였어요. 경찰도 아이 점집에 다녀간 이들부터 조사했으니까요. 다들 그 고약한 심보의 인간이 누군지 잡히기만 하면 가만두지 않겠다며 들끓었어요. 아니 그렇잖아요. 천하의 몹쓸 인간 아니냔 말이에요. 제 소원만 이뤄지면 다냐고요. 남들한테도 같은 기회를 줘야 공평한 거지. 나도 그때 어찌나 짜증이 나던지. 정말 개…… 아니, 몹쓸 인간 아니냐고요. 근데 그놈을 아직도 못 잡고 있으니 어쩔 거냐고요.

범인에 대한 또 다른 추측이 돌았어요. 아이에게 다녀간 사람이긴 할 건데, 아마도 아이의 말을 받아들이지 못한 쪽일 거라는. 아이가 손을 딱 잡고 해준 말이 자기가 원한 답이 아니었을 거란 말이죠. 그 말을 도저히 인정할 수 없었던 거죠. 실제로 그 이유로 난동을 부린 사람들이 있었다고 하더라고요. 난동까진 아니어도 불쾌한 기색을 못 감추고 자리를 뜬 사람들도 꽤 됐다고요. 그런 사람들 중 하나가 일을 저질렀을 거란 건데, 꽤 그럴싸하죠. 남한테 싫은 소리 듣기 싫으면 안 찾아가면 될 텐데, 굳이 왜 찾아가서 얘기를 듣고는 자기 생각이랑 다르다며 화를 내는 건지. 근데 살다 보면 그런 사람들 많이 보게 되죠. 그런 사람들 많아요.

그런데 어라? 또 다른 말이 떠도는 거예요. 그 아이에게 어쩔 수 없이 갈 수밖에 없었던 사람이 범인이라는. 그런 사정이 뭐냐고요? 그걸 누가 알겠어요? 그때는 다 같이 그 아이한테 가는 게 붐이었어요. 가족이면 가족, 친구면 친구, 직장 동료면 동료, 모두 우르르 몰려갔었죠. 신년 해돋이 보러 가는 거랑 똑같아요. 완전 똑같다고요. 어떤 회사에서는 사내 복지 차원에서 직원 전체를 한꺼번에 보내기까지 했어요. 그러니까 저 혼자 빠지기가 어려웠던 사람들도 있었을 거고, 그들 중에 범인이 있다는 거죠. 아이의 입을 통해 자기가 진짜 바라는 것이 발설되는 게 두려운 사람이 있었을 거예요. 평생의 소원이 이뤄지는 것보다, 그 소원이 알려지지 않는 게 더 절실했던 사람이 있었을 거예요. 필사적으로 막아야 했을 거예요. 대체 왜 그렇게까지 했겠냐고요? 알 게 뭐예요. 인터넷에 온갖 가설이 넘치니까 찾아보시든가요. 보고 있으면 시간 가는 줄 몰라요.

근데 또 무슨 생각이 드느냐면요, 결국 그 새…… 아니, 그 인간을 잡아서 추궁해 이유를 밝혀보면 진짜 별거 아닌 것일 수 있다는 거예요. 요즘 세상이 그렇잖아요. 이상한 일이 하도 많이 일어나는 세상이니까 별것 아닌 이유로 밝혀져도 썩 이상한 일도 아니라고요. 아무리 하찮고 어이없는 이유로 사람을 죽였대도 놀랄 일이 아니에요. 이제는 이상한 일이라는 게 뭔지 기준도 모르겠어요. 사실 이것도 시작부터 말도 안 되는 일이었잖아요. 누군가의 진짜 소원이 뭔지를 그렇게 쉽게 알 수 있다니…… 하여간 그랬어요. 그런 일이 있었어요. 이것도 벌써 한물간 얘기지만요.

• 악몽 •

내 태몽은 귀신이었네.

어머니는 아홉 달 내내 끔찍한 악몽들에 시달리다가

나를 낳고 얼마 지나지 않아 신경쇠약으로 돌아가셨네.

나는 내 주변에 있는 그 누구라도

소름 끼치는 악몽을 꾸게 만드는 사람으로 태어났네.

당연히 아버지는 물론이고 그 어떤 친지도 나를 데리고 살려 하지 않았네.

학창 시절 수학여행을 가서는

나와 한방에서 자던 아이들이 울부짖으며 깨어나는 모습을 보았네.

군대에선 쫓겨났네. 나로 인해 사고와 자살이 속출했으니 합당한 조치였네.

나는 버스도 기차도 탈 수 없네. 꾸벅꾸벅 졸던 승객들이 비명을 지르며 일어나니까.

어쩌다 마을로 내려가 구멍가게에서 물건을 사야 할 때면 미리 전화를 걸어본다네. 주인장이 졸고 있다면 깨운 후에 들어가야 하니까.

주어진 명줄이 있으니 어찌어찌 살아왔지만 너무나 외로웠다네.

나는 누구의 옆에서도 잠들 수 없네.

잠든 누구의 옆에도 있을 수 없네.

지독한 외로움을 견디다 못해 개를 데려온 적이 있네.

개는 며칠 밤낮을 깨갱거리다 끝내 달아나버렸네.

금붕어를 사 오기도 했네.

금붕어는 어항 밖으로 뛰쳐나와 죽는 편을 택했네.

사랑을 할 수 없었네.
연정을 품은 여인들이 있었지만 모두 떠났네.
밤을 보내면 밤을 보내서 떠났고
밤을 보내지 않으면 밤을 보내지 않아서 떠났네.

내 평생 다른 소원을 가져본 적 없네.
소원이라곤 단 하나,
누군가를 안고 편안하고 깊은 잠을 자는 것.
누군가와 평화롭고 조용한 밤을 보내고 싶네.
사랑하는 여인이 자는 모습을 흐뭇하게 바라보다 천천히 쓰다듬어보고 싶네.

내가 마을과 이렇게 멀리 떨어진 곳에서 혼자 살고 있는 것,
이토록 깊은 숲속의 밤인데
주위에서 부엉이나 산짐승, 벌레 소리조차 들리지 않는 것,
이 모든 게 우연이 아니라네.

여행으로 지친 자네가

오늘 밤 딱히 잘 곳이 없다는 건 알지만

하룻밤도 재워줄 수 없다고 거절하는 건 그래서라네.

그러니 부디 야박하다 생각하진 말아주게.

• 꿈속으로 •

저 산에서 혼자 사는 노인네 말이야.

그 노인네 옆에서 잠을 자면 아주 끔찍한 악몽을 꾼다네.

그래서 그 노인네가 마을에서 살지 못하고 저기 들어가서 혼자 사는 거지.

노인네 집 근처엔 짐승도 벌레도 안 살아요. 걔들도 다 아는 거야.

그런데 요새 그 집 근처 지나가봤어? 아주 난리야.

아예 캠핑장이 차려졌더라니까. 다들 텐트를 가져와서 거기서 잠을 자.

아니면 낚시 의자라도 가져와서 거기 앉아 꾸벅꾸벅 졸고 있다니까, 인간들이.

왜냐니, 그 노인네 근처에서 잠을 자기 위해서지.

일부러 악몽을 꾸겠다고 모인 거야, 그 인간들이 전부.

일부러 악몽을 꾸고 싶어 하다니 미친놈들이지.

사람은 뭐니 뭐니 해도 잠을 편안하게 잘 자야 하는 법인데

할 짓이 그렇게나 없어서 악몽을 꾸겠다고 모여들다니

하여간 세상 미친놈투성이야.

저번에 무슨 방송에서 걔들 인터뷰한 걸 봤는데

이유는 다들 거창해. 별의별 사연이 다 있어.

제일 웃겼던 건 자기 꿈에 맨날 귀신이 나온다는 놈이었어.

몇 년째 하루도 빼놓지 않고 똑같은 귀신이 나와서 못 살겠다는 거야.

얼굴을 보니까 눈도 퀭하고 피골이 상접한 게 벌써 죽은 사람 같았어.

이미 악몽을 꾸고 있는데 여긴 왜 찾아온 거냐고 리포터가 물으니까

진짜 무서운 꿈을 꿔서 그 귀신을 쫓아내고 싶다는 거야.

아주 몸서리쳐지는 꿈을 꾸면, 귀신이 자기 꿈에서 제 발로

걸어 나가지 않겠냐는 거지.

성공했냐고? 몰라. 여하튼 걔는 날이 새기도 전에 토하면서 도망가버렸어.

또 뭐라더라, 평생 남의 꿈만 꿔왔다는 놈도 있었어.

자기 꿈은 한 번도 못 꿔봤대. 그러니까 잠을 자면 남의 꿈에만 들어가게 된다는 거야.

그런데 그 노인네 옆에서 잠을 자면 악몽이나마

비로소 자기 꿈을 꾸게 되는 게 아니겠냐면서

반드시 성공하고 싶다고 들뜬 표정으로 말하더라고.

걔도 성공했는진 알 수 없어. 새벽에 뭔 돼지 멱따는 소리를 지르면서 도망갔으니까.

황당한 건 거기에 애들도 많아요. 아직 어린애들 말야.

초중고 자식들을 데려오는 부모들이 있다고.

거기서 지독한 악몽을 꾸고 나면

그렇게까지 지독하진 않은 현실에 감사하게 될 거라는 게 그 부모들 주장이야.

옛날에 극기 훈련 보내고 국토 대장정 보내고 그랬던 거랑 비슷하게 생각하나 봐.

그래서 저 앞에 청소년 캠프까지 따로 차려져 있는데 걔들은 무슨 죄야.

다행히 아동 학대로 고발됐다니까 조만간 애들은 떠나겠지.

그냥 궁금해서 와봤다는 놈들은 한 트럭인데

다들 자다가 미치광이로 깨어나 혼비백산 도망가버렸지.

어쨌든 뭔 꿈을 꾸긴 했으니까 그렇게들 도망간 것이겠지.

그저 그런 악몽이 아니라 실제로 지옥에 빠지는 것 같은 지독한 악몽이라고들 하던데

그런 걸 겪고 나서 일상생활이 제대로 될까 모르겠어.

애들 빼고는 다들 등 떠밀려 온 것도 아니고 제 발로들 찾아온 거니 누굴 원망도 못 하겠지만.

궁금하긴 뭐가 궁금해.

그런 건 애초에 관심도 갖지 말아야 해.

사람은 잠을 편안히 잘 자야 해. 그래야 몸도 마음도 건강한

법이라고.

누가 돈을 주면서 하라고 해도 저리 꺼지라며 거절해야 할 일을 일부러 하다니

천하에 바보 같은 것들.

그 와중에 제일 어이없는 게 누군지 알아?

거기서 자면서 깰 생각을 안 하는 인간들이야.

그 악몽을 꾸면서도 도무지 깨려고 하지를 않아.

발작을 하고 비명을 지르고 울어대는 걸 보면 악몽을 꾸는 중인 건 맞다고.

그런데 아무리 흔들고 소리치고 일으키고 해도 눈을 안 떠.

걔들을 깨우는 방법은 꿈을 그만 꾸게 하는 것뿐이야.

들것에 실어서 멀리멀리 나르니까 그제야 깨더라고.

그러고는 깨워줘서 고맙다고 하는 게 아니라 엉엉 울어. 왜 깨웠냐는 거야.

악몽을 꾸는 게 괴롭지 않았냐고 물으니

자기들은 괜찮으니까 계속 꿈속에 있고 싶대.

아니 대체 어떤 인간들이길래 그럴 수가 있는지 모르겠단 말야.

지독한 악몽보다 더 지독한 삶을 살지 않는 한 그게 가능하냔 말야.

대체 어떤 삶을 살기에 거기서 그러고들 있었냐고 리포터가 물어도 다들 대답을 안 해.

짐작이나 돼?

차라리 악몽을 꾸는 편이 나은 삶이 어떤 삶일지.

높은 곳에서

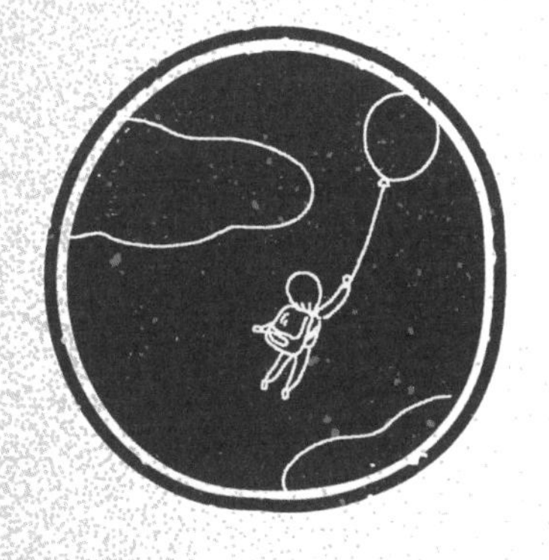

◈◈◈

보다시피 저에겐 풍선이 매여 있고 이것을 제 힘으로 뗄 수 없습니다. 그리고 아주 작은 바람에도 풍선은 날아가기에 저는 이것에 매달려 세상을 떠돈 지 오래되었죠.

바람이 부는 대로 날아다니다가 쉴 수 있을 만한 곳이 나타나면 그곳에서 쉽니다. 그러나 원하는 자리에 정확하게 착지하는 것은 몹시 어려운 일이죠. 그렇다고 지금 손에 붙들고 있는 것을 포기하고 놓았다가는 언제 다시 착지할 수 있을지 알 수 없기에 아주 나쁜 자리가 아니면 그럭저럭 타협해야 합니다. 여기, 허리에 맨 밧줄들이요. 이건 오가면서 얻은 겁니다. 이렇게 허리에 감고 다니다가 쉬는 동안 날아가지 않도록 몸을 매어두는 용도로 씁니다.

풍선을 매단 성인 남자가 딱히 하는 일 없이 한자리에 가만히 있으면 수상해 보여서 눈길을 끌기 딱 좋죠. 사실을 말해봐야 지금 당신처럼 미친놈 보듯 할 테니 아예 사람과 마주치지 않는 게 제일이죠.

그래서 저는 높은 곳에서 쉬는 것을 선호합니다. 건물의 옥상이나 잎이 무성한 나무 꼭대기 같은 곳이요. 그 덕에 본의 아니게 세상을 내려다보는 시간이 많습니다. 그러면서 알게 된 것은…… 멀리서 바라보는 세상이 아름답다는 것입니다. 특히 도심의 빌딩 옥상에서 바라보는 야경은 너무나 아름다워요. 자세히 들여다보면 온갖 일이 일어나고 있다는 사실을 알고 있지만요. 멍하니 야경을 바라보고 있으면 끝없이 떠다니는 피곤한 제 신세도 깜박 잊곤 하죠.

돌풍이 분 날이었습니다. 돌풍이야 몇 번이고 접했지만 그런 강풍은 처음이었습니다. 저는 속수무책으로 빙글빙글 날아다니다가 끝도 없이 높이 올라가고 말았습니다.

'이렇게 죽는구나.'

그런 생각을 하다가 기절한 것 같습니다. 정신을 차리고 주위를 둘러보는데 온통 뿌연 풍경이었습니다. 제 다리가 커다란 바위와 바위 사이에 끼어 있었죠. 처음엔 제가 결국 죽어서 사후 세계에 도착한 줄 알았습니다. 그러나 시간이 흐르면서 찬찬히 살펴보니 그곳은 바위산 정상인 듯했습니다. 너무 높은 곳이어서 구름이 걸려 있어 앞이 잘 보이지 않는 거였고요.

조금만 애를 쓰면 바위 사이에서 빠져나갈 수 있을 것 같았지만 기왕 끼인 김에 거기서 좀 더 쉬기로 했습니다. 돌풍에 휩싸였을 때 소진된 체력이 아직 회복되지 않았기 때문입니다. 하지만 너무 긴 시간 다리에 피가 통하지 않으면 괴사할 위험이 있으니 마침 옆에 있던 적당한 크기의 바위에 몸을 묶은 후 다리를 살살 빼냈습니다. 오랫동안 떠돌면서 얻은 지혜죠. 여하간 그런 후에야 쉴 수 있었습니다. 피로가 급격하게 밀려왔죠. 그때 작은 목소리가 들렸습니다.

"세상은 어떤 곳인가요?"

깜짝 놀랐습니다. 그런 곳에서 다른 사람을 만날 거라곤 생각도 못 한 데다가, 가벼운 인사도 없이 다짜고짜 하는 질문이 그게 뭡니까. 정신 나간 사람 아닌가요? 산속에서 혼자 도를 닦다가 미쳐버린 사람일지도 몰랐죠. 여하간 평범한 사람은 아닐 것이 분명해 못 들은 척하고 입을 꾹 다물었죠. 그러고는 티 안 나게 눈을 굴려가며 주변을 살폈습니다. 그러나 구름 때문에 여전히 아무것도 보이지 않았습니다. 그러는 사이 그 목소리가 다시 말을 걸었습니다.

"세상은 어떤 곳인가요? 저는 아직 내려가보지 않아서 세상이 어떤 곳인지 궁금합니다."

조금 더 긴 문장을 들어보니 나이와 성별을 짐작하기 어려운 목소리였습니다. 어떻게 들으면 어린아이 목소리 같기도 했죠. 그래서 용기를 내어 대답했습니다.

"어느 쪽에 있습니까? 구름 때문에 앞이 안 보입니다."

"여기 있어요."

"안 보이는데요."

"여기, 바로 옆에 있어요."

저는 소스라치게 놀랐습니다. 제 옆엔 아무도 없었는데 바로 귓가에서 소리가 들렸기 때문입니다. 아무래도 미친 쪽은 저였습니다. 환청이 들리는 게 분명했습니다. 어차피 끝도 없이 세상을 날아다니게 된 때부터 예상한 일이었습니다. 그래선지 충격이 오래가진 않았습니다. 저는 될 대로 되란 심정으로 말도 놓고 대화를 이어갔죠.

"그래, 아직 세상에 내려간 적이 없다고?"

"네. 세상은 어떤 곳인가요? 말해줄 수 있으세요?"

"세상? 세상은 피곤한 곳이지."

"피곤한 곳이라고요?"

"그럼. 세상은 피곤한 곳이야. 멀리에서 보면 아름다워. 하지만 그곳에서 살아가기엔 피곤한 곳이지."

"……그렇군요."

제 대답이 못 미더운 모양이었습니다.

"안 믿기니? 내 꼴을 보라고. 더럽고 지저분하지. 얼마나 피곤한지 보이잖아. 이게 다 세상을 떠돌았기 때문이야."

"알겠어요. 그러면 아저씨는 다시는 세상에 내려가지 않을 생각인가요? 여기에서 계속 지내실 거예요?"

"까짓것 그러지 뭐!"

시원하게 대답하고 저는 다시 정신을 잃었습니다. 그러고는 깼다가 다시 잠들고, 깼다가 다시 잠드는 것을 몇 번이고 되풀이했죠. 마침내 정신이 좀 든다 싶어 주위를 둘러보는데 그 목소리가 다시 들렸습니다.

"안녕하세요."

헛웃음이 나왔습니다. 쉴 만큼 쉰 것 같은데 아직도 환청이

들렸기 때문입니다. 어쩌면 정말 드디어 미친 건지도 모를 일이었죠. 그래서 아무 말이나 하기 시작했습니다.

"내가 드디어 미쳤나 보다. 완전히 미친 모양이야."

"미친다는 게 뭔가요?"

"맨정신이 아니란 얘기지. 그래, 너 아까 세상이 어떤 곳이냐고 물었지? 세상은 맨정신으로 살긴 힘든 곳이야. 난 가끔 맨정신인 사람들은 세상에서 살아남지 못하고, 세상에 맞춰서 적당히 미친 사람들이 잘 살게 되는 게 아닌가 싶어. 그렇다고 너무 미치면 곤란하고, 덜 미치면 버겁지. 세상은 그런 곳이야."

"아저씨도 미쳤다고 하셨잖아요. 그런데 왜 세상이 피곤하다는 거죠?"

저는 웃음을 터뜨렸습니다.

"물론 나도 미쳤지! 이러고 있는 꼴을 보렴. 완전히 미친놈이지. 그런데 어떻게 미치느냐, 그 방향성도 중요하거든. 나처럼 미치는 건 아무짝에도 쓸모없어. 세상에 맞춰서 미쳐야 하는 거야."

"그럼 아저씨는 세상에서 잘 살지 못하고 있었군요. 저번에 날아온 검은 비닐봉지 씨는 세상에 더 머물고 싶었는데 여기로 오게 되어 미련이 많다고 했어요. 아저씨는 미련은 없는 건가요?"

"비닐봉지랑 얘길 했다고? 환장하겠군……. 아무튼 뭐, 뭐라고? 미련이라고? 많지. 아무렴 봉지보다는 내가 미련이 많겠지. 이렇게 사는 게 내 삶일 리가 없다고 매일 생각했는데 그게 다 미련 때문이었겠지. 살면 살수록 미련이 쌓여. 먼 옛날부터 이렇게 살지 말고 저렇게 살아야 했다고, 그래야 진짜 내 삶을 살 수 있었을 거라고 계속 후회해왔지. 혹시 그거 아나? 오늘은 어제 한 일을 후회해. 그리고 내일은 오늘 한 일을 후회하게 되지. 모레는 내일 한 일을 후회할 거고. 그런 식으로 매일 바로 전날을 후회하잖아? 그러다 보면 마지막에 후회할 날이 하루 모자라. 후회도 다 못 하고 가는 게 삶이지. 그렇게 살게 되는 게 저 아래 세상이고."

저는 평소와 달리 청산유수로 술술 말하고 있었습니다. 아무렇게나 말해도 제 말을 평가하는 사람이 없는 상황이 퍽 자유롭게 여겨졌기 때문입니다. 심지어 입고 있던 조끼 주머니에서 비상식량인 육포를 꺼내 씹으며 떠드는 여유까지 생겼습니다.

"세상은 살아갈수록 미련이 쌓이고, 후회할 시간이 부족한 곳이군요."

"그래. 요약을 잘하는구나. 근데 잘 알아둬라. 내가 볼품없는 인간이긴 해도 이 말은 새겨들으라고. 내 진짜 삶이 다른 시공간에 있을 거라고 생각하지는 마. 아무리 형편없어도 지금 이 삶이 내 삶이라 이거야. 진짜 삶이 따로 있을 거라고 생각하지 말라고. 원하는 삶이 있으면 그쪽으로 가. 계속 가다 보면 언젠간 근처라도 가겠지. 근데 그런다고 지금 삶을 팽개치진 말아. 이렇게 풍선이나 달고 날아다니면서 누군지 알지도 못하는 놈이랑 헛소리나 주고받고 있는 게 내 삶이지만 난 이걸 받아들였어. 엄청 힘들었지만 받아들여야 했어. 그러지 않으면 안 되니까. 이게 내 진짜 삶이 아니라면, 결국 죽는 날까지 내 삶은 단 하루도 없는 거잖아."

저는 조금 울컥한 마음이 되고 말았습니다.

"아무것도 아닐 수 있어. 내가 아무것도 아닐 수도 있다고. 그걸 받아들여야 해. 아주 어려운 일인데 나는 해냈지. 결국 해냈어. 내가 겨우 고작 이런…… 이런…… 이따위로 살아가는…… 이런 엿같은……"

눈물이 쏟아졌습니다.

"왜 우세요?"
"내가 아무것도 아니어서."
"……"
"아무것도 아닌데 힘들어서……"

저는 한참 울다가 다시 정신을 잃었습니다.

눈을 떴을 땐 아까보다는 조금 더 기운이 나는 듯했습니다. 계속해서 들리던 목소리도 더는 들리지 않았습니다. 주위를 둘러보니 온통 안개뿐이었습니다.

돌아가야지.

바위에 묶어둔 밧줄을 풀려던 참에 스스로에게 문득 궁금했습니다.

'왜 돌아가려 하는 거지?'

목소리 때문에 갖게 된 의문이었습니다. 그냥 살기에도 피곤한 세상, 풍선을 타고 다니며 볼품없는 신세로 살기엔 훨씬 더 피곤한 세상으로 왜 돌아가려 하는가. 왜 이리 당연하다는 듯 세상으로 갈 채비를 하고 있는가.

오래도록 생각했으나 아무 결론도 내리지 못했습니다. 그러나 기어이 저는 몸을 묶고 있던 밧줄을 풀었습니다. 기가 막히게도 딱 그 순간, 다시 그 목소리가 들렸습니다.

"왜 돌아가려는 거죠?"

어쩐지 피식 웃음이 나왔습니다.

"모르겠어."

때마침 불어오는 바람을 타고 풍선도 저도 높이 날아올랐습니다. 바위산에서 멀어지는 제 등 뒤를 향해, 목소리가 마지막 질문을 던졌습니다.

"그래서 결국, 살아보니 어땠나요?"

저는 단호하게 외쳤습니다.

"어떻긴 뭘 어때. 이런 게 삶이구나, 하는 거지!"

• 눈송이 •

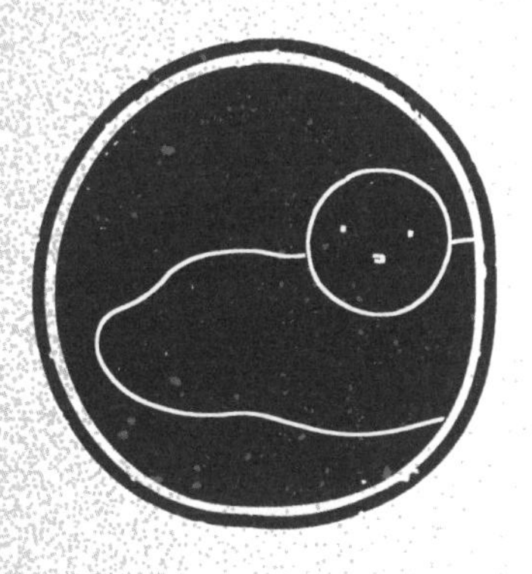

높고 높은 하늘, 구름 위에서는 때때로 큰 외침이 들렸습니다.

"하나!"

"두울!"

"세엣!"

그것은 눈송이들의 함성이었습니다. 구름 위에 사는 눈송이들은 세상으로 내려가고 싶어지면 마음 맞는 다른 눈송이들과 뛰어내리곤 했습니다.

어느 날은 몇몇 눈송이만 조심스레 뛰어내렸고
어느 날은 많은 눈송이가 한꺼번에 뛰어내렸어요.

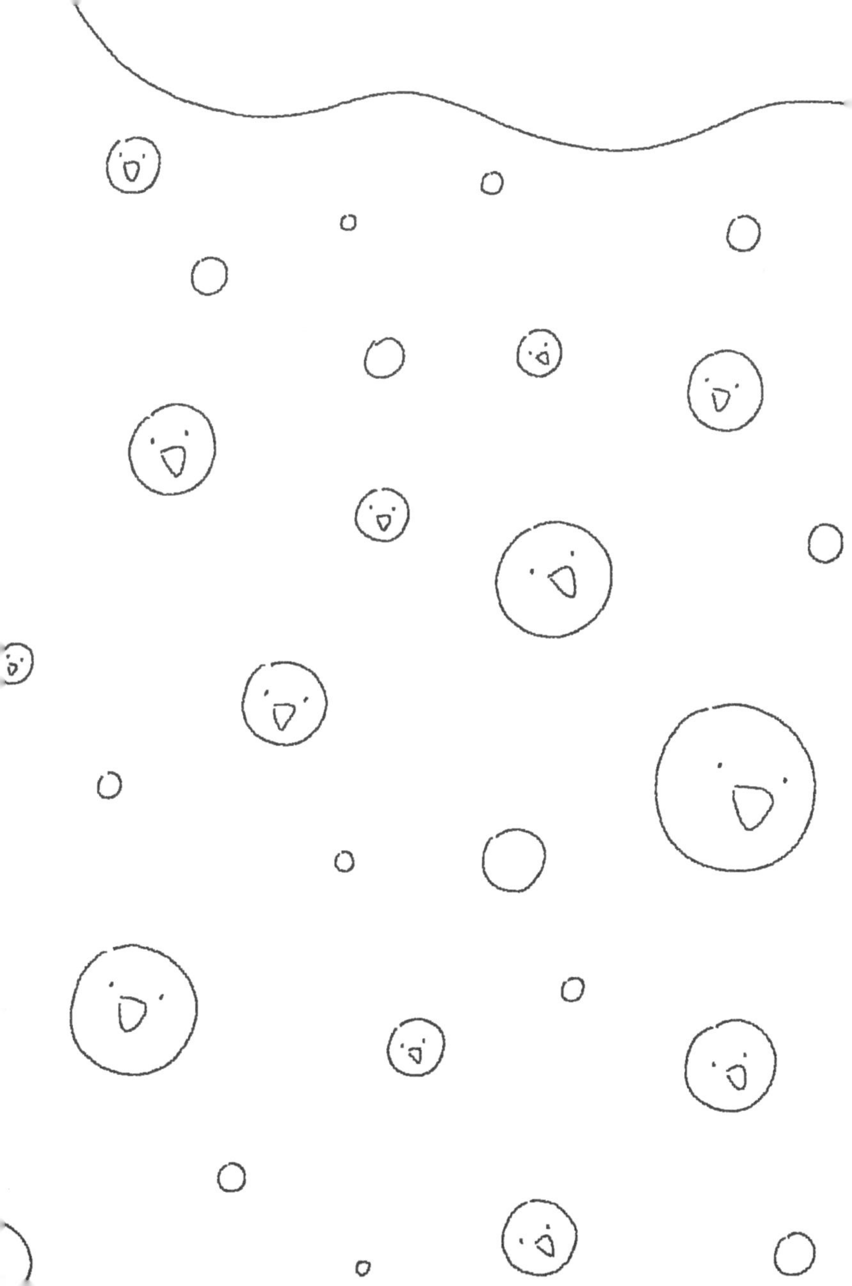

그래서 구름 위에서는 시시때때로 눈송이들의 크고 작은 함성이 들렸습니다.

“하나! 두울! 셋!”
“하나! 두울! 셋!”

저마다 다른 기대와 설렘 어린 표정을 한 눈송이들이, 저 아래로, 아래로 뛰어내렸죠.

그러나 아주 오랫동안 내려가지 않는 눈송이가 있었습니다. 매우 조심스러운 성격의 그 눈송이는 세상이 어떤 곳인지 먼저 알아보고 싶었습니다. 다들 내려간다고 해서 자기도 무턱대고 내려가고 싶진 않았습니다.
눈송이는 구름 위에서 지내는 것도 그럭저럭 나쁘지 않다고 생각했습니다. 적어도 어떤 곳인지 알지도 못하는 세상으로 가는 것보다는 낫다고 여겼습니다. 그래서 아주 오랜 세월 다른 눈송이들이 세상으로 내려가는 모습을 지켜보기만 했습니다.

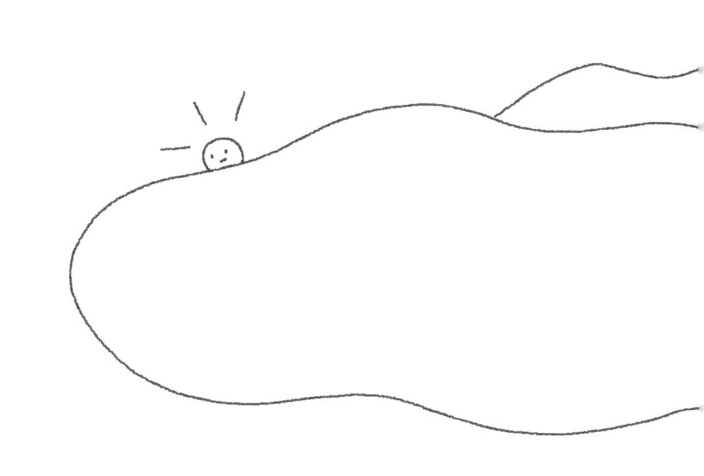

높은 산의 정상에는 거대한 바위가 있었습니다. 산이 만들어질 때 태어나, 나이를 정확히 알 수 없을 정도로 아주 오래된 바위였습니다.

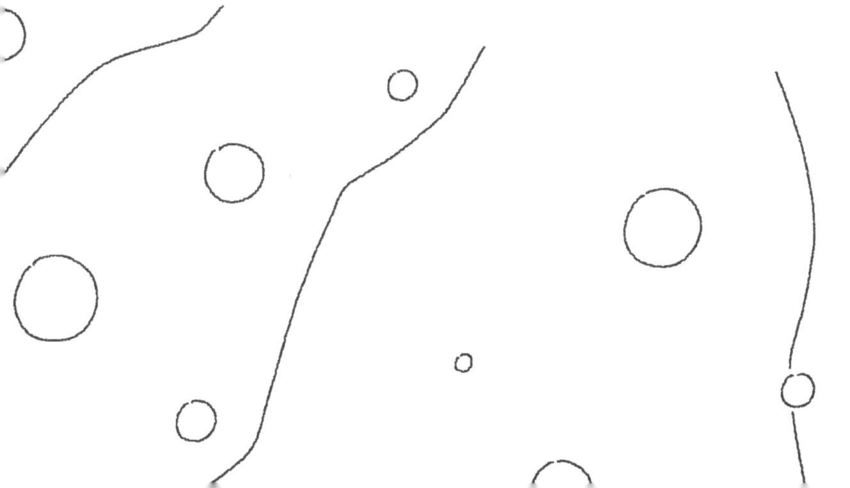

어느 날 그 바위의 머리에 구름이 걸렸습니다. 신중한 눈송이는 그 구름 위에 앉아 있었습니다. 구름은 한동안 그 자리에 머물렀습니다. 눈송이는 여전히 다른 눈송이들이 내려가는 모습을 바라보고만 있었습니다.

어느 날 풍선 하나가 구름 옆으로 올라왔습니다. 축제가 열리는 광장을 장식하다가 어느 아이의 손으로 옮겨졌는데 아이가 놓치는 바람에 이곳까지 날아온 풍선이었습니다.

풍선은 바람을 타고 날아다니다가 바위의 갈라진 틈에 걸려 숨을 돌리고 있었습니다. 누군가 구름 위로 올라오는 일은 매우 드물었기에,
눈송이는 기회를 놓치지 않고 풍선에게 물었습니다.

"세상은 어떤 곳인가요?"

풍선은 들뜬 말투로 말했습니다.

"화려한 곳이야. 사람도 풍선도 많은 곳이지. 알록달록한 색색의 풍선이 아주 많아. 나도 그중 하나였지. 음악이 크게 흘러나오고, 다들 많이 웃고, 신나게 떠들어대지."

페스티벌

그 순간 큰 바람이 불어왔습니다. 풍선은 순식간에 다른 방향으로 날아갔습니다. 풍선이 날아간 쪽을 보며 눈송이는 생각했습니다. 세상은 화려한 곳이구나…….
화려하다는 게 어떤 것인지 쉽게 상상되지 않았기에, 눈송이는 머릿속으로 여러 풍경을 이리저리 그려보았습니다. 눈송이의 상상 속에 펼쳐진 세상에는 조금 전에 본 풍선이 가득했습니다.

어느 날은 노랗게 물든 은행잎 하나가 날아왔습니다. 인적이 드문 호숫가에 사는 은행나무의 잎이었습니다. 은행잎 역시 바람을 타고 날아다니다가 이 바위의 머리에 잠시 앉은 참이었습니다. 눈송이는 은행잎에게 물었습니다.

"세상은 어떤 곳인가요?"
"세상은 고요한 곳이지."

은행잎의 말에 눈송이는 깜짝 놀랐습니다.

"고요하다고요?"

은행잎이 말했습니다.

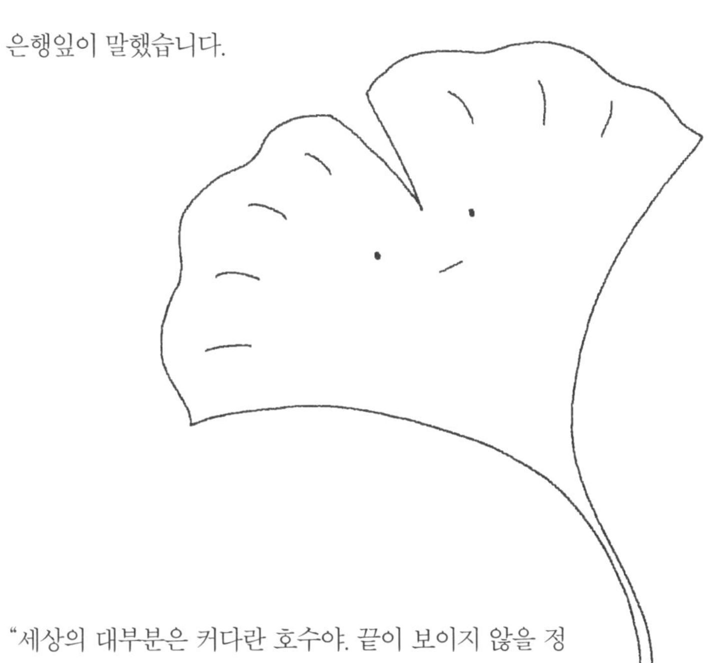

"세상의 대부분은 커다란 호수야. 끝이 보이지 않을 정도지. 호수는 아주 고요해. 주위에 나무들이 많은데 그들도 대부분 조용하지. 떠드는 건 대체로 새들뿐이지만, 새소리는 듣기 좋은 노래야."

때마침 다시 큰 바람이 불어와,
은행잎은 저 멀리 날아가고
말았습니다.

'세상이 고요한
곳이라니.'

눈송이는 풍선과 은행잎 중 누가 거짓말을 한 것인지 알 수 없어서 어느 쪽이 진짜라면 좋을지 상상해보기로 했습니다.
그러나 좀처럼 선택할 수 없었습니다. 풍선으로 가득한 화려한 세상도, 평화로이 고요한 세상도 좋을 것 같았습니다.

어느 날은 작고 검은 비닐봉지 하나가 날아왔습니다. 도심의 마트에서 쓰인 것이었습니다.
눈송이는 비닐봉지에게 물었습니다.

"세상은 어떤 곳인가요?"
"세상은 무언가를 사고파는 곳이야. 모두가 계속해서 뭔가를 사고팔지. 나는 아주 중요한 역할을 했단다. 그들이 산 물건들을 담는 역할이었으니까."
"사고판다는 게 어떤 거죠?"

비닐봉지는 바람에 쉴 새 없이 바스락거리고 있는 탓에 눈송이의 질문을 제대로 알아듣지 못하고 말을 이었습니다.

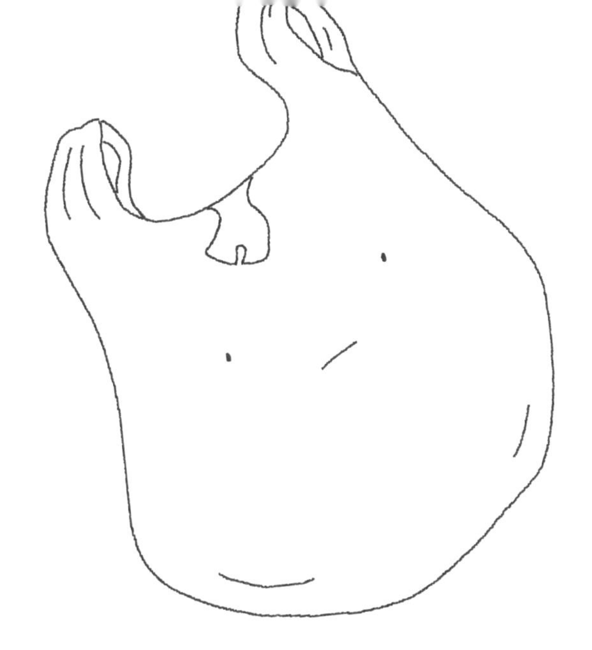

"나는 아주 중요한 존재였다고! 하지만 단 한 번만 쓰이고 버려졌어. 과자 몇 봉지를 한 번 담았을 뿐인데 버려졌다고. 이렇게 빨리 버려질 줄 몰랐어. 아아, 이제 무슨 일을 해야 하는 걸까? 이후의 일은 생각해본 적도 없는데. 세상에 미련이 이렇게나 많은데……"

다시 또 큰 바람이 불어와, 비닐봉지는 힘없이 날아가고 말았습니다. 날아가면서도 비닐봉지는 화를 내고 있었습니다.

눈송이는 머리가 아파오기 시작했습니다. 비닐봉지가 무슨 말을 한 건지 이해할 수조차 없었습니다. 다만 자기가 세상으로 간다면 단 한 번 쓰이고 버려지지는 않기를 바랐습니다.

어느 날은 긴 리본을 매단 풍등이 날아왔습니다. 큰 행사에서 사람들이 소원을 담아 날린 것이었습니다.
눈송이는 풍등에게 물었습니다.

"세상은 어떤 곳인가요?"
"세상이 어떤 곳인지 나도 잘 모른단다. 너무 짧게 있었거든."

풍등은 점잖은 말투로 말을 이었습니다.

"하지만 모두가 소원을 비는 곳이라는 건 알 수 있었어. 많은 사람들이 모였는데, 그들 하나하나가 전부 소원을 빌고 있었지. 수많은 풍등이 하늘로 날아올랐어. 우리는 그들의 소원을 위해 태어났단다."
"소원이 뭔가요?"

건강하게 해 주세요
행복하게

"잘 살고 싶어서 비는 것이지. 내 몸에 달린 리본을 보렴. 건강하게 해달라고 적혀 있지? 어떤 풍등은 성공하게 해달라는 리본을 달았고, 또 다른 풍등은 행복하게 해달라는 리본을 달았어. 다들 그런 소원이 있는 모양이더라고. 내 생각엔 세상은 소원을 빌게 되는 곳인 것 같아. 세상에 있는 동안엔 소원을 빌지 않을 수 없는 것이지."

풍등은 바람에 흔들리면서도 점잖은 태도를 유지하려 했지만 다시 불어온 바람을 이기지 못하고 부들부들 몸을 떨더니 결국 휙 날아가버렸습니다.

눈송이는 소원에 대해 생각했습니다. 세상으로 간다면 어떤 소원을 빌어야 할지 고민했지만 마땅히 떠오르는 게 없었습니다.

'소원이라는 건 세상으로 가야
생기는 것인가 보다.'

마음대로 짐작할 뿐이었습니다.

눈송이는 오래도록 구름 위에 머물며 그곳으로 날아오는 여러 존재들을 만났습니다.
벌레와 고양이 털, 풀씨와 휴지 조각, 낡은 밀짚모자 등 많은 존재들이 바람에 날아와 바위틈에 머물다 다시 날아갔습니다. 그 때마다 그들이 알려준 세상의 조각들을 맞춰보려 했지만 그럴수록 세상은 점점 더 짐작하기 어려워졌습니다.

그 작은 조각들을 모으면 커다란 세상이 그려질 거라 여겼는데 어쩐지 세상은 그 조각들이 두서없이 흩어져 있는 곳인 것만 같았습니다.

눈송이는 점점 더 세상으로 가고 싶은 생각이 없어졌습니다.

어느 날, 기러기 한 마리가 날아와 바위에 앉았습니다.
계절을 따라 여러 나라를 오가며 사는 철새였기에, 동료들과 함께 무리를 지어 날아가던 중이었습니다. 뜻밖의 돌풍을 만나 혼자 무리에서 떨어진 바람에 잠시 사방을 살피기 위해 앉은 것이었습니다.
눈송이는 기러기에게 물었습니다.

"세상은 어떤 곳인가요?"
"세상은 아주 넓은 곳이지. 굉장히 넓어서 어디까지인지도 모를 정도야. 나는 아주 멀리 날아가는 중이란다."

가본 곳이 아주 많아 세상 곳곳을 훤히 알고 있다는 기러기의 말에, 눈송이는 그동안 들어온 이야기들이 맞는지 확인하고 싶었습니다.

"세상은 화려한 곳인가요?"

"그런 곳도 있지."

"그럼 세상은 조용한 곳은 아닌가요?"

"그런 곳도 있고."

"세상은 무언가를 사고파는 곳인가요?"

"맞아. 그러기도 해."

"그, 그럼, 버려지기도 하는 건가요?"

"그러기도 할 거야."

"모두가 소원을 비는 곳이기도 하고요?"

"그럼."

기러기는 혀를 내두르며 말했습니다.

“너는 궁금한 게 참 많은 눈송이구나. 말했지만 나는 아주 멀리까지 가야 하기 때문에 체력을 아껴야 해. 이렇게 계속 네 얘길 들어줄 수는 없단다.”

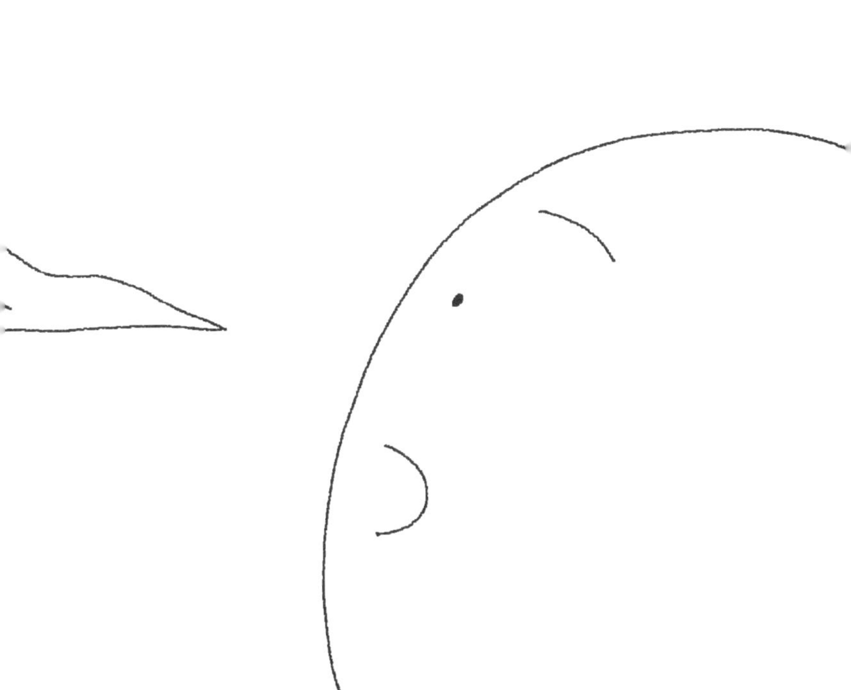

눈송이는 마지막으로 하나만 더 묻고 싶었습니다.

"저도 세상으로 가면 그렇게 멀리멀리 가볼 수 있을까요?"

기러기는 눈송이를 가만히 바라보다 말했습니다.

"나는 세상에서 수많은 눈송이들을 만났단다."

눈송이의 눈이 반짝 빛났습니다. 그동안 만난 존재들 중에서 세상에 내려간 눈송이들의 이야기를 들려준 존재는 없었기 때문입니다.

"세상으로 간 눈송이들은 어떻게 지내고 있나요?"
"너는 정말 아무것도 모르는구나."

기러기는 작게 탄식을 뱉었습니다. 그러고는 몹시 고민된다는 표정으로 말을 이었습니다.

"너희는 세상에 내려앉게 돼. 가장 먼저 하게 되는 건 세상의 많은 것을 덮는 것이야. 너희가 내려오면 아주 하얀 세상이 되지. 무엇을 덮게 될지는 알 수 없어. 화려한 광장에 내려앉을지, 조용한 호숫가에 내려앉을지, 사람들이 사고파는 물건 위에 내려앉을지 알 수가 없단 말이야. 나 같은 기러기의 깃털 위에 앉을 수도 있겠지."

기러기는 자기를 빤히 바라보는 눈송이를 보며 잠시 망설이다가 말했습니다.

"여하간 너는 눈송이잖니? 그러니 어찌 됐든……"

"네."

"눈송이로 존재하는 거지. 그리고 눈송이여서 할 수 있는 일을 하게 되겠지."

눈송이는 어떻게든 기러기와 더 많은 이야기를
나누고 싶었지만 기러기는 단호하게 거절했습니다.

"나는 그만 떠나야 해. 이제라도 동료들을 따라잡아야지.
더 머뭇거리다가는 큰일 난단다."
기러기는 훌쩍 날아갔습니다.

눈송이는 날아가는 기러기의 뒷모습을 오래도록 바라보았습니다. 그러고는 기러기의 말을 다시 떠올려보았습니다.
'눈송이로 존재하는 거지.'
'눈송이여서 할 수 있는 일을 하게 되겠지.'

눈송이는 그 말들을 몇 번이고 따라 해보았습니다. 지금까지 생각해본 적 없던 말이었습니다. 기러기가 남긴 말을 반복해서 중얼거리는 눈송이를 오랫동안 지켜보던 바위가, 이윽고 입을 열었습니다.

"눈송이야. 이곳은 아주 높다란 산이란다. 추운 곳이지. 바로 이

산 아래로 떨어진 눈송이들은 오래도록 머물 수 있어. 지금 내 밑동을 덮고 있는 눈송이들도 오래전에 내려앉은 아이들이야. 세상이 어떤 곳인지 알 수 없어서 떠나기가 두렵다면, 바로 이 자리에서 뛰어내리면 돼."

바위가 입을 연 것은 처음이기에 눈송이는 깜짝 놀랐지만, 바위는 신경 쓰지 않고 계속 말을 이었습니다.

"아이야, 나는 하늘에서 떨어지는 눈을 맨 처음으로 맞은 존재란다. 여기에 오래도록 있으면서 수많은 눈송이들을 보았지. 너처럼 생각이 많은 눈송이도 여럿 있었으나 그 애들도 모두 세상으로 내려갔다.
때가 되면 내려가겠거니 지켜보고만 있었는데, 너는 그럴 생각이 없어 보이는구나. 그래서 도와주는 거란다. 세상이 그렇게 두려우면 바로 내 아래로 내려가렴. 오래도록 이 산에서 눈송이로 지낼 수 있으니까. 그러면 나도 네가 이랬다저랬다 고민하며 떠드는 광경을 보지 않고 다시 조용히 쉴 수 있겠지."

눈송이는 생각했습니다.

바위의 말이 사실이라면 더 고민할 것이 없을지도 모를 일이었습니다. 그대로 떨어져서 바위의 밑동을 덮은 채 오래도록 지내면 될 테니까요.

그러나 그동안 마주친 존재들이 들려준 세상의 모습이 궁금한 것도 사실이었습니다.

어떤 곳으로 내려가 어떤 것에 내려앉을까.
결국 어떤 모습으로 존재하게 될까.

그 모든 것을 경험할 기회가 있다고 생각하니
가슴이 두근거렸습니다.
눈송이는 오래도록 고민하고
고민했습니다.

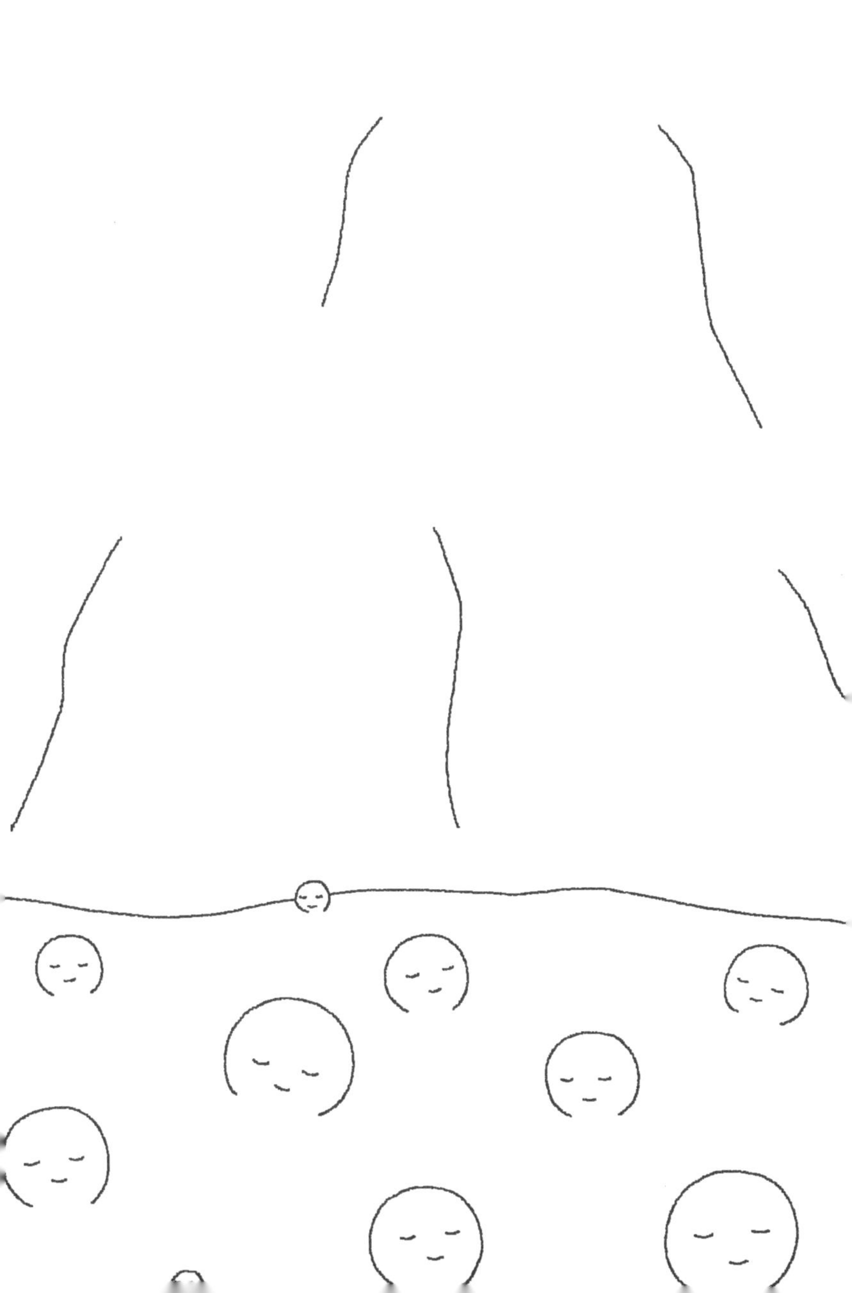

어느 날 눈송이는 아주 커다란 구름이 밀려오는 것을 보았습니다. 세상으로 내려갈 준비 중인 눈송이들을 가득 실은 구름이었습니다. 다가온 구름은 눈송이가 앉은 구름과 합쳐져 더욱 커다란 구름이 되었습니다.

바람은 구름을 멀리멀리 움직였습니다.
어디로 가고 있는지
얼마나 가고 있는지
어떤 세상의 위를 지나는 중인지
구름 위에서는 알 수가 없었습니다.

구름 위 여기저기에서는 계속해서 눈송이들의 합성이 들려왔습니다.

"하나! 두울! 셋!"
"하나! 두울! 셋!"
"하나! 두울! 셋!"

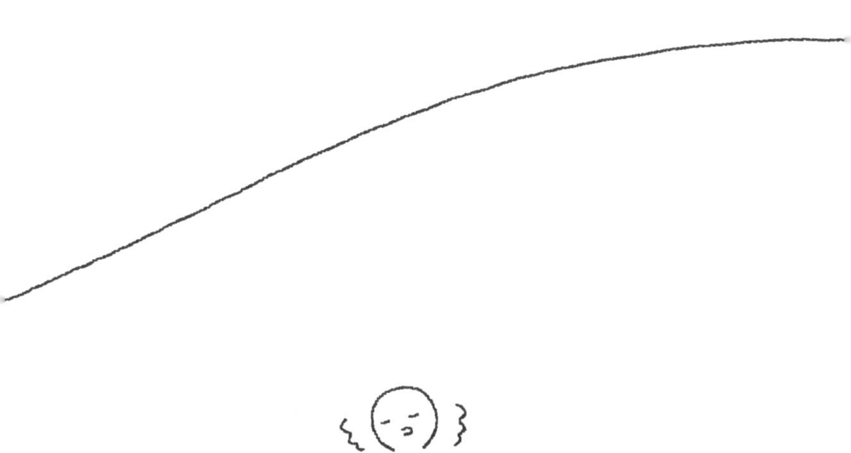

그때마다 준비된 눈송이들이 무리 지어 세상으로 뛰어내렸습니다.

눈송이는 눈을 질끈 감고 깊게 심호흡을 했습니다.
심장이 터질 듯 뛰기 시작했습니다.

다시 또 눈송이들의 함성이 들려왔습니다.

기대와 걱정과 희망이 뒤섞인 함성이었습니다.

"하나!"

"두울!"

"세엣!"

만두

생선

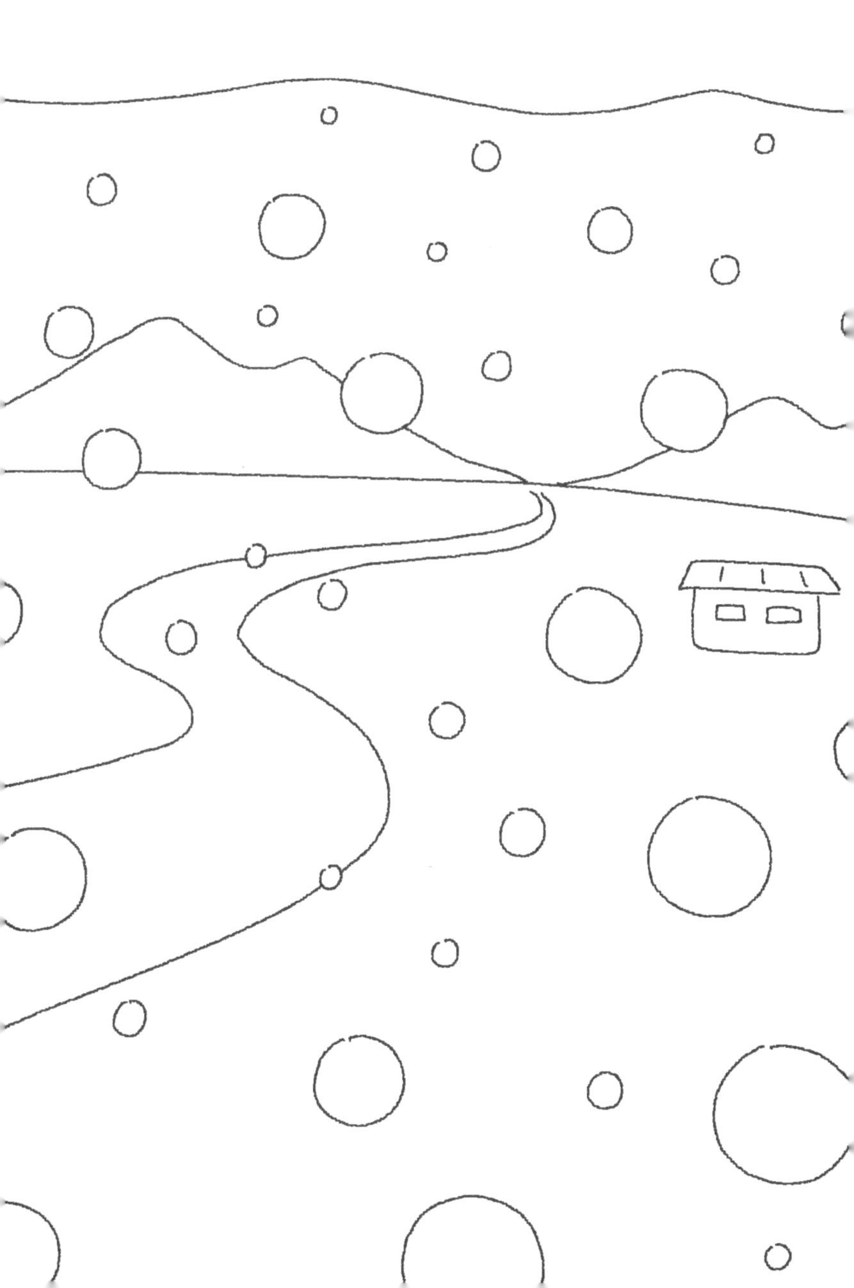

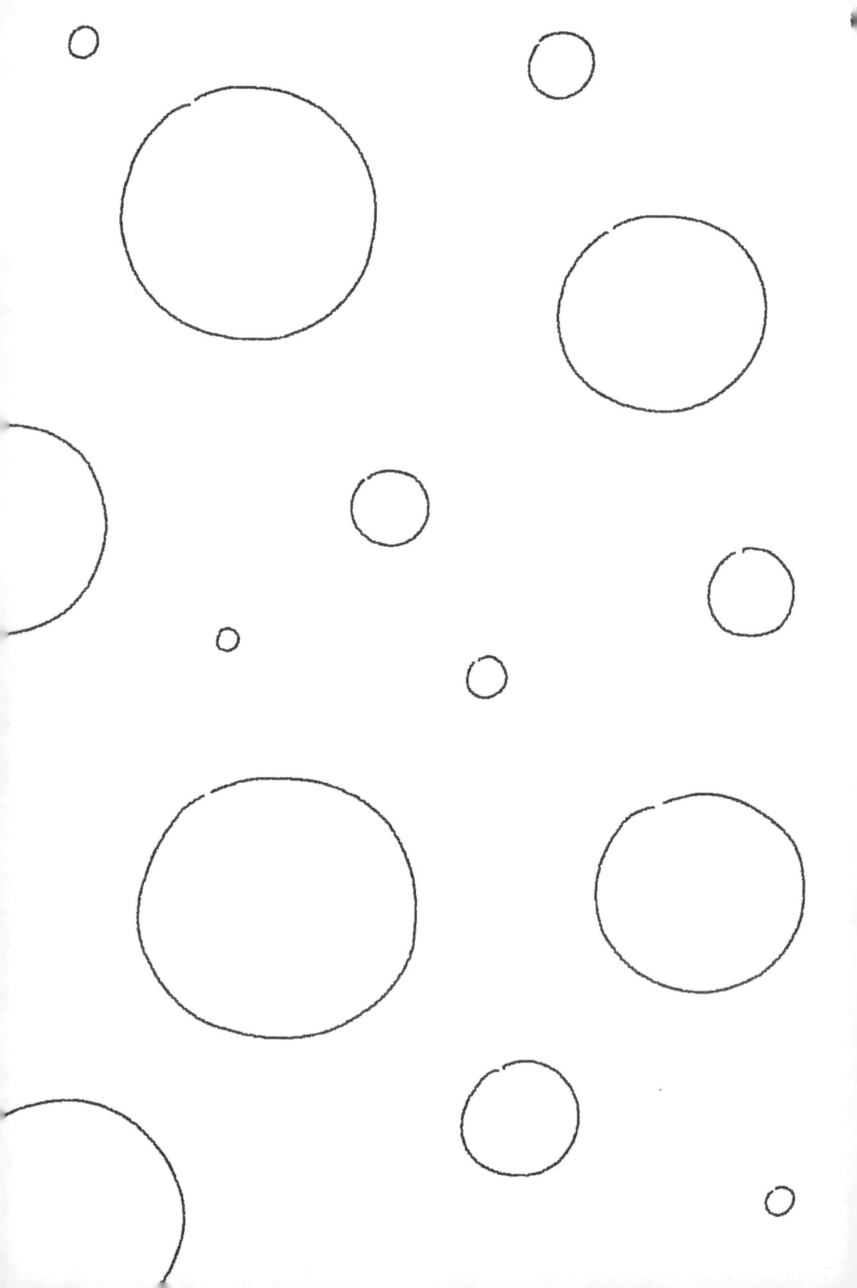

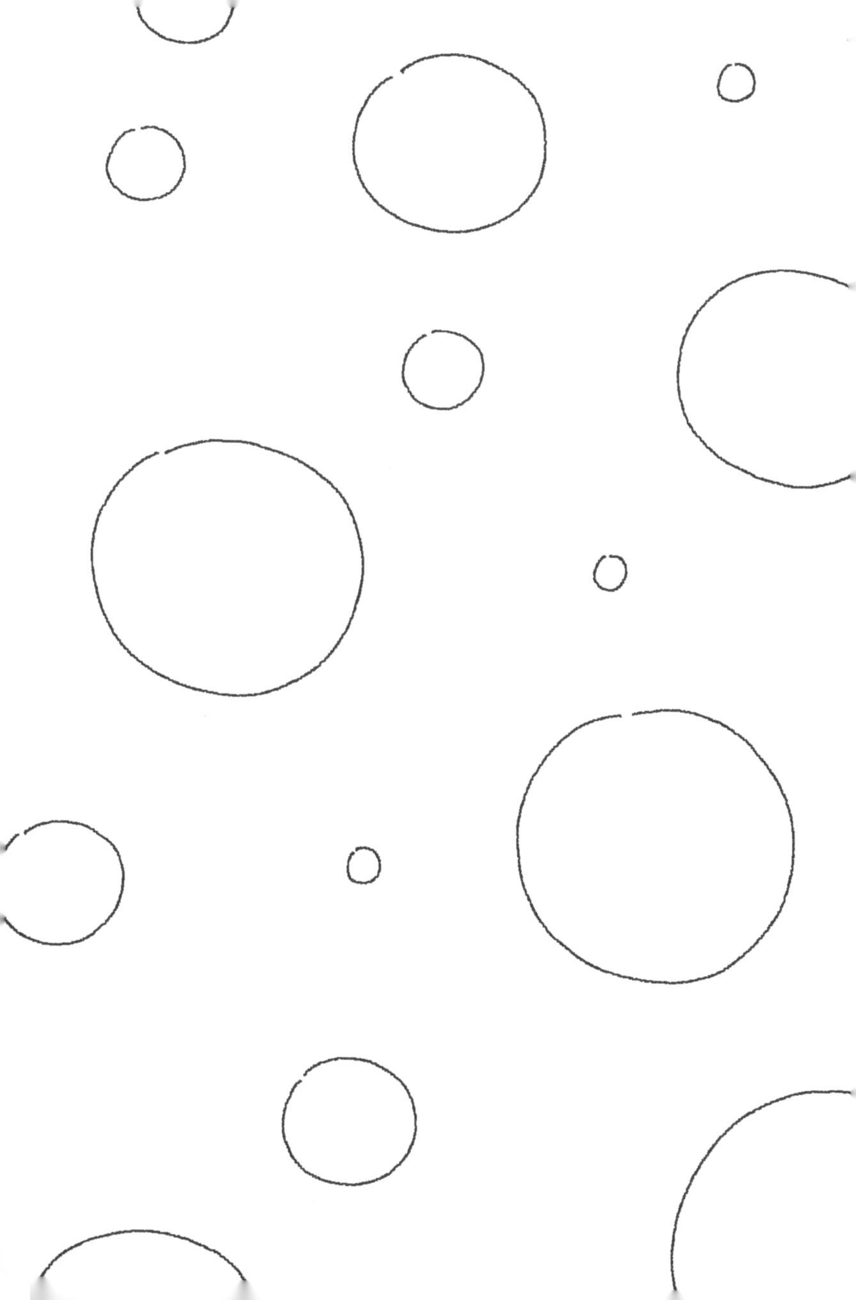

부록 • 고양이 자객 •

어느 마을에 고양이 한 마리가 살고 있었습니다.

마을에는 고양이가 예전에

실력이 뛰어난 자객이었다는 소문이 돌았습니다.

어느 봄날, 고양이에게 한 사람이 찾아왔습니다.

누군가를 처리해달라는 부탁을 하러 온 것이었죠.

고양이는 고개를 끄덕였습니다.

얼마 후, 고양이는 집을 나서다가

꽃잎이 흩날리는 광경을 보았습니다.

"꽃가루가 사방에 날리는군.

재채기가 나면 들키기 쉽지."

고양이는 계획을 미루었습니다.

봄이 가고 여름이 된 어느 날,

고양이는 집을 나서다가 깜짝 놀랐습니다.

"땅이 뜨겁군!

발바닥이 다 데겠어!"

고양이는 계획을 미루었습니다.

이윽고 장마가 시작되었습니다.

고양이는 집을 나서다가 눈살을 찌푸렸습니다.

"이렇게 비가 오면 개천이 불어서 건널 수가 없어."

고양이는 계획을 미루었습니다.

장마가 끝나고 가을바람이 불기 시작했습니다.

고양이는 집을 나서다가 한숨을 쉬었습니다.

"낙엽을 밟으면 바스락거려서 쉽게 들킨단 말이지."

고양이는 계획을 미루었습니다.

시간이 흘러 어느새 겨울이 되었습니다.

고양이는 이번에야말로

때가 되었다고 생각했습니다.

굳은 결심을 하고, 문을 열었습니다.

지난밤부터 내리기 시작한 눈이

세상을 하얗게 덮고 있었습니다.

고양이는 한 걸음 발을 내디뎌보고 고개를 저었습니다.

"이럴 때 돌아다니면 발자국이 남아서 들킨다."

또다시 계획을 미룰 수밖에 없었습니다.

고양이는 집에 들어왔습니다.

집 안은 따뜻하고 고요했습니다.

고양이는 방 한쪽에 자리를 잡고 누웠습니다.

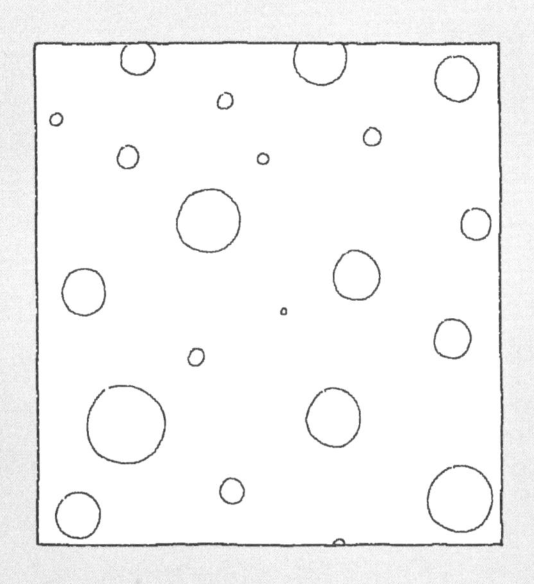

세상엔 눈이 펑펑 내렸습니다.

고양이가 남긴 발자국 하나도 금세 눈에 덮였습니다.

아무도 죽지 않은

평화로운 한 해가 지나고 있었습니다.

작가의 말

이 책에 실린 이야기들은 2007년부터 2023년까지 쓴 것입니다. 처음에 「기억을 먹는 아이」「그 아이」「악몽」 등 2007년 블로그에 연재한 몇 편의 이야기를 모아 출판사의 문을 두드렸으나 거절당했습니다. 그 후로도 몇 곳의 출판사와 여러 공모전에 원고를 내밀었지만 매번 반려되거나 탈락했죠.

계속되는 거절을 겪으면서 '이 이야기들은 책으로 나오기엔 부족한가 보다'라고 생각했습니다. 낙담은 했지만 포기하지는 않았던 모양입니다. 저는 이야기를 계속 썼습니다. 전에 쓴 것들을 이리저리 다듬기도 했고요. 그런 과정을 통해 점점 더 제 마음에 드는 방향을 찾아갔습니다. 이야기들이 세상에 일찍 나오지 못하고 묵히게 된 덕분이지요. 이 사실이 무척 웃기고도 좋습니다.

제가 써놓고 이런 말을 하는 것이 낯간지럽지만, 저는 이 책에 실린 이야기들을 무척 좋아합니다. 왠지 모르게 힘들고 지친 상황일 때 떠오른 것들이거든요.

어떤 이야기는 혼자서 하염없이 산길을 걷고 돌아오던 시절에 떠올렸고, 어떤 이야기는 매일 출퇴근하듯 드나들던, 지금은 사라진 오래된 카페 맨 구석 자리에서 훌쩍이다가 노트에 써 내려갔습니다. 어떤 이야기는 온종일 서서 장사를 하고 돌아와 옥상에서 맥주를 마시면서 썼고요. 열심히 하는 것에 비해 도무지 쌓이는 게 없어 허망하던 시절에 쓴 이야기도 있고, '사는 게 이렇게까지 힘들 일인가?'라는 생각이 머리를 떠나지 않던 무렵 쓴 이야기도 있습니다.

요란한 연애를 막 끝내고 쓴 이야기도 있고, 어울리지 않게 지독한 짝사랑에 빠졌을 때 쓴 이야기도 있답니다. 오랫동안 함께 지낸 저의 개 '태수'를 떠나보낼 준비를 하면서 쓴 이야기도 있는데, 쓰는 내내 얼마나 울었는지 모릅니다. 오랜 세월에 걸쳐 쓴 만큼 이렇게 제각각 다른 상황에서 쓰게 되었지만, 삶이 순조롭게 흐를 때 쓴 이야기는 없는 것 같습니다. 이유는 모르겠지만, 사는 게 힘들 때 할 말이 많아지더라고요. 그래서 더욱 이 이야기들을 애틋하게 여기고 있습니다.

제가 좋아하는 이 이야기들을 다른 사람들에게도 어서 보여주고 싶다는 마음에, 출간을 앞둔 저의 가슴은 두근거리다 못해 터질 것 같습니다. 세상의 수많은 책들 가운데 바로 이 책을 골라 읽어주신 독자들에게 감사드립니다. 힘겨운 시절에 이 이야기들을 쓰면서 스스로 위로받았듯, 독자 여러분에게도 위로가 되었으면 합니다. 아울러 이 이야기들을 좋아해주고 아낌없이 응원해준 출판사 유유히의 이지은 대표에게도 고마운 마음을 전합니다.

오래전 어느 날 '앞으로 대체 무슨 일을 하며 살 것인가? 어떤 사람으로 살 것인가?'라는 고민에 빠진 적이 있습니다. 그때 내린 결론은 '그래, 이야기하는 사람이 되겠어'였고요. 지금도 그 마음은 그대로입니다. 저는 계속 이야기를 쓰겠습니다.

2024년 2월

도대체

기억을 먹는 아이

초판 1쇄 발행일 2024년 2월 15일
초판 2쇄 발행일 2024년 3월 25일

지은이 도대체
발행인 이지은
마케팅 전준구
편집 고나리
디자인 송윤형
제작 제이오

발행처 유유히
출판등록 제 2022-000201호 (2022년 12월 2일)
ISBN 979-11-93739-00-6 02810